A tout ce qui nous rend uniques,
A mes lecteurs.

© 2013, Victor Lemaux
Edition : BoD - Books on Demand, 12-14 rond-point des Champs Élysées, 75008 Paris
Impression : Books on Demand, Allemagne
ISBN : 9782322033072
Dépôt légal : octobre 2013

Victor Lemaux

Esprits Mutilés

1 : Une chandelle face au vent

Journal d'Ivan Carville, 13 Septembre,

Je n'y comprends rien... C'est comme si mes forces m'abandonnaient un peu plus chaque jour, sans que je puisse y faire quoi que ce soit, ni même trouver d'explication... Il est anormalement tôt, mais je crois comprendre ce à quoi doit ressembler l'agonie d'un vieillard. On ne réalise réellement la valeur de la santé qu'à partir du moment où elle nous délaisse, tant elle nous semble « naturelle ».

Je n'ai jamais été béni par une endurance exceptionnelle, mais depuis un peu plus d'un mois, ma santé n'a cessé de se dégrader pour une raison qui m'échappe totalement. Mes forces me font maintenant défaut au point de devoir rester cloître chez moi, alité le plus clair du temps. Si mon état ne s'améliore pas rapidement, mes économies risquent de me faire défaut et alors, nul ne pourra plus rien pour moi...

Aujourd'hui, ma faiblesse est telle que je n'ai pu quitter mon fauteuil qu'à deux reprises. Lors de mes autres tentatives, privé de mes sens l'espace d'un instant, j'ai senti l'ombre de la mort planer au dessus de moi et se rapprocher au point de me frôler, attendant le moment de m'offrir son étreinte glacée et vide. Je n'en ai guère l'habitude, mais je crois ma situation suffisamment critique pour être dans l'obligation de consulter un médecin dès que possible. Je m'en chargerai demain, si mon état me le permet. Pour l'heure, je suis fiévreux, épuisé et ai trop honte de mon apparence pour me décider à sortir. Le soleil ne sera pas couché avant quelques heures. Je le précéderai.

Journal d'Ivan Carville, 14 Septembre,

La nuit ne m'a pas offert le réconfort auquel je m'attendais. Hier, l'air était aussi frais et sec qu'aujourd'hui et il n'y avait aucune raison qu'un quelconque changement intervienne. Pourtant, j'ai transpiré abondamment jusqu'à l'aube, même après m'être découvert. Je me suis par conséquent allongé sur le côté, afin d'aérer mon corps autant que possible, mais la violence inhabituelle des battements de mon cœur, à la limite de la douleur, ne m'a pas laissé fermer l'œil. Malgré tout, je suis parvenu à me tenir sur mes deux jambes toute la matinée et à mettre de l'ordre dans mes affaires. Bien qu'en milieu de journée, une grande fatigue se soit à nouveau abattue sur moi, ayant ainsi pris les devants sans attendre, j'ai eu le sentiment d'avoir remporté un combat m'opposant à cet ennemi invisible et implacable qui s'acharne à saper mes forces depuis les ténèbres. Car j'en suis certain, je n'ai contracté ce mal nulle part. Il a surgi du fond de mon être, alors que rien ne le laissait présager... Contraint à une attente stérile et oppressante, j'ai pensé tuer le temps en m'adonnant à la lecture, en vain. J'ai sous-estimé la fatigue et la confusion qui règnent en moi. En désespoir de cause et à défaut d'une occupation plus profitable, je me suis contenté de déplacer mon fauteuil jusqu'à la fenêtre de ma chambre de laquelle j'ai simplement observé les allées et venues des passants dans la rue pour tuer le temps. Un pigeon s'est perché à la rambarde pendant quelques instants et la douceur de ses roucoulements m'a apaisé. Assez pour me permettre de m'assoupir, pendant une heure, peut-être…

Journal d'Ivan Carville, 19 Septembre,

Je n'ai pas touché à mon journal depuis plusieurs jours. Cinq jours de déchéance, espacés par des nuits de cauchemar, qui loin de m'apporter le repos nécessaire à un quelconque rétablissement, n'ont fait que me donner comme un avant-goût de l'enfer. J'ai néanmoins survécu, contre toute attente et bien qu'ayant effectivement l'allure misérable d'un damné, comme j'ai pu le constater en regardant mon reflet dans le miroir de ma chambre, je ne sens plus peser sur moi le joug implacable de la maladie. Mon tortionnaire aurait-il sous-estimé ma résistance ? Je prie pour qu'il m'ait oublié, me croyant mort et me laisse me remettre de ce calvaire. Si la chance me sourit, après quelques jours de vrai repos, je vais pouvoir me remettre au travail et tout cela ne sera plus qu'un mauvais souvenir…

Journal d'Ivan Carville, 20 Septembre,

Aujourd'hui, suite à un sommeil paisible et à un solide

repas, j'ai profité du temps clair et de l'air frais pour gravir la haute colline boisée qui surplombe la ville. Après quelques instants de marche, les seuls sons qui parvenaient à mes oreilles étaient ceux du vent dans les arbres et du ruissellement de l'eau dans les prés, ponctués parfois du cri d'un oiseau, peut-être effrayé par la proximité d'un être humain... J'aime cet endroit. Un endroit de non-existence, paisible et sacré, dans lequel les gens s'aventurent rarement. Le temps semble ne pas y avoir cours. Ce n'est pas la première fois que je gravis cette pente, mais redécouvrir chacune des étapes de ce parcours constitue un véritable plaisir.

D'abord ces bâtisses délabrées mais pleines de caractère qui bordent les deux côtés de la route, avec leurs portes basses, leurs fenêtres étroites et leurs jardins potagers, puis de vastes prés d'herbe sèche dans lesquels vont et viennent quelques moutons. Enfin s'imposent les grands sapins qui marquent la frontière entre ce décor pastoral et la fraîcheur humide et ombragée des sous-bois.

Une fois la lisière de la forêt franchie, les sentiers empierrés constituent la seule trace d'activité humaine. Sans surprise, je n'ai croisé personne lors de mon ascension. J'ai alors réalisé que si la solitude peut parfois nous donner l'illusion grisante d'une totale liberté, celle-ci va souvent de pair avec un sentiment d'impuissance, causé par la vision du beau et l'envie de la partager avec nos semblables. Seuls les fous se suffisent à eux-mêmes en toute circonstance.

Au sommet de la colline, les bois font à nouveau place aux prés, plus verdoyants que ceux que j'ai longés jusqu'ici. C'est en ce lieu que mes réflexions insouciantes et ma contemplation ont fait place à un malaise des plus inquiétants alors que je me dirigeais vers l'unique banc bordant le chemin, abrité sous un toit de planches vermoulues, pour y reprendre mon souffle. A nouveau, j'ai senti le vide familier mais atroce des jours passés me gagner, ainsi qu'une impression de froid intense. Pourtant, je suis rapidement parvenu à chasser ma peur en me focalisant sur le paysage… De là où je me trouvais, une vue plongeante sur la ville et les collines qui l'entouraient s'offrait à moi, me replongeant dans mes pensées… Le clocher de l'église gothique dominant mon foyer pointait vers le ciel, semblant vouloir défier les collines alentour, comme un lancier combattant une armée de géants. A la gloire des dieux, les hommes ont mis en œuvre toutes leurs compétences pour édifier des monuments élégants et souvent grandioses, pensant sans doute obtenir leurs faveurs. Mais les dieux, s'ils existent, me paraissent capricieux et égoïstes. Pourquoi se préoccuperaient-ils de nous plus que d'eux-mêmes ? Nous ne faisons pas non plus grand cas de la vie de ce que nous considérons comme « inférieur », qu'il s'agisse des animaux ou même de nos semblables…

L'histoire nous a montré à maintes et maintes reprises que la foi la plus sincère pouvait se révéler totalement impuissante face au malheur et aux catastrophes, qu'ils soit individuels ou collectifs. Je ne fais pas partie de ceux qui voudraient abattre la religion, l'accusant injustement de tous les maux de ce monde, même si j'ai souvent constaté que nombre de croyants ont tendance à sombrer dans le fanatisme ou la superstition, ou dans une vulgaire singerie du comportement de ceux qui les ont précédés. Dans le premier cas, ils perdent tout esprit critique, ce qui revient au même que le fait de se condamner délibérément à une forme de surdité ou de cécité. Dans le second, les « fidèles » sont dépourvus de réelle conviction et ne se rassemblent que pour montrer leur appartenance à un groupe et aux « valeurs » que celui-ci défend, ou du moins, cherche à promouvoir. Le clergé, quant à lui, dispose d'un pouvoir considérable sur ceux qui se soumettent à son autorité. L'image biblique du berger et de son troupeau, bien que peu élogieuse, est assez parlante, il me semble. N'oublions pas la destination finale des brebis suivant aveuglément la houlette pastorale...

Lorsque, émergeant enfin, je me suis rendu compte de l'imminence de l'arrivée du crépuscule, je me suis hâté de rentrer chez moi, chassé par d'épais nuages d'orage portés par le vent d'ouest.

A l'heure où j'écris ces lignes, la ville est effectivement recouverte par une chape de plomb. Je pense qu'il va pleuvoir cette nuit. L'idée que mon prédateur ait retrouvé ma trace me préoccupe et m'effraie. En revanche, si je parviens à bien dormir, je pense être en mesure de reprendre mes travaux dès demain.

Journal d'Ivan Carville, 21 Septembre,

J'ai été trop optimiste. Hier soir. J'ai à nouveau passé une nuit sans repos, non pas à cause de la tempête qui a

frappé la région, bien que celle-ci ait été particulièrement violente, mais parce que j'ai subi les mêmes troubles que lors de mes nuits de tourmente habituelles. Certaines sensations sont, à leur manière, sans doute aussi atroces qu'un membre brisé ou une plaie profonde. D'ailleurs, pourquoi nous avoir doté de corps capables de souffrir avec une telle intensité ?
Si cette spirale infernale devait recommencer, je sais que quelques jours suffiraient à me réduire à l'impuissance la plus totale. Aujourd'hui je vais donc devoir me résoudre à aller voir un médecin. Je n'ai pas confiance en leurs traitements et autres « remèdes », qui causent souvent autant de maux qu'il en soignent, mais dans ma situation actuelle, je suis dos au mur et n'ai guère le choix.

Journal d'Ivan Carville, 22 Septembre,

Je suis sans nouvelle du médecin avec lequel j'ai pris contact. Il devait pourtant se rendre chez moi dans l'après-midi. Aujourd'hui, j'ai perdu connaissance à deux reprises. D'abord chez moi, puis dans la rue. Cela ne m'était jamais arrivé... La seconde fois, lorsque j'ai retrouvé mes esprits, j'étais encore étendu sur le bas-côté, avec la sensation que ma tête allait exploser. Je me souviens avoir croisé du monde dans la ruelle que j'ai empruntée, pourtant, personne n'est venu m'apporter son aide. Sans doute les badauds m'ont-ils pris pour un ivrogne ou un fou. Tout cela est regrettable et décevant, mais force est de constater que noyé dans la masse, un individu n'est rien. Plus que de notre époque de décadence, je pense que cette attitude dépend des concentrations humaines. Dans les hameaux et les villages, les gens ne sont pas étrangers les uns aux autres et s'entraident volontiers, dit-on. Dans les villes, les choses sont différentes. Il n'est possible d'y trouver de réconfort qu'auprès de nos amis intimes et parents proches. Les autres personnes à nous témoigner un quelconque intérêt sont celles qui en ont après notre argent. Ne dit-on pas d'ailleurs que les riches ont beaucoup d'amis ? Je ne me plains pas. Je n'ai jamais cherché de sollicitude de la part de mes semblables et ai toujours préféré compter sur moi-même. Ainsi, en cas d'aboutissement de mes projets, tout le mérite me revient et en cas d'échec, je n'ai à m'en prendre qu'à moi-même. Toutefois, comme je l'ai déjà dit, il arrive que la solitude me pèse. Aujourd'hui, seule la maladie qui me ronge peu à peu me permet de faire passer au second plan ce sentiment d'abandon. J'ignore combien de temps je suis resté inconscient, mais mon impression de me trouver au cœur de quelque lugubre pièce de théâtre dans laquelle tout est faux est bien réelle. Si mes idées sont pour l'heure assez claires pour me permettre de narrer mes mésaventures, juste après être rentré chez moi, j'ai commencé par retirer mes vêtements sales et trempés, puis, épuisé, je me suis écroulé sur mon lit pour y dormir pendant plusieurs heures. J'ignore quelle tournure vont prendre les événements. Le moins que je puisse dire est que j'ai un très mauvais pressentiment…

Journal d'Ivan Carville, 25 Septembre,

Le temps qui s'est écoulé depuis la dernière fois que j'ai touché à ce journal n'a été que déchéance. Le sinistre brouillard qui s'est abattu sur la ville avant-hier semble mu par une volonté propre, comme s'il était décidé à me priver de la lumière du soleil jusqu'à mon dernier souffle. J'ai sans doute connu ces derniers jours des douleurs et des malaises plus violents, mais la maladie progresse inexorablement même si ses symptômes ont évolué. Si mon état reste supportable, mes forces s'amenuisent d'instant en instant. Je reste alité sans me préoccuper outre mesure de la succession du jour et de la nuit, sans ressentir la faim ni même vraiment la soif, ne me levant que quelques brefs instants espacés par de longues périodes de sommeil, lorsque ma carcasse n'est pas agitée de frissons irrépressibles. Je pense être bientôt arrivé au bout du chemin sur lequel je me suis vainement aventuré le jour de ma naissance, mais ne souhaite pas pour autant faire de cette ultime entrée un testament. Rassembler mes idées pour les coucher sur le papier n'a pas été une mince affaire, tant est grande la confusion qui règne en moi. Le résultat doit ressembler à une sorte de patchwork un peu grotesque de morceaux cousus les uns aux autres sans vraie fluidité ni harmonie d'ensemble. J'ai sommeil, très sommeil et espère en finir rapidement. Quoi qu'on en dise, cette existence ne m'aura pas apporté grand chose. Peut-être la maladie s'est-elle justement déclarée au moment où ma volonté de vivre a commencé à décroître ? Dégoûte par cette faiblesse, mon corps aura par conséquent décidé de me rejeter, à moins que la mort se soit invitée à mon chevet par pitié, pour m'accueillir dans son royaume souterrain et me laisser y dormir paisiblement, à jamais débarrassé des tourments du monde ? Soit. Au moins, j'aurai eu la chance d'échapper à la corruption de la vieillesse...

2 : Résurrection

Contrairement à ses attentes, le repos d'Ivan ne fut pas éternel. Les chaînes qui le retenaient dans un monde avaient été rompues par son trépas, pour mieux le lier à un autre. Il allait à nouveau, par l'esprit et la chair, goûter à la réalité, mais cette dernière allait se révéler très différente de tout ce qu'il avait pu connaître jusqu'alors…

Étendu sur le ventre, il avait froid, comme auparavant, mais n'était plus dans son lit… De gros flocons tombaient lentement du ciel et leur contact contre sa joue droite lui fit ouvrir les yeux. Confus, il se leva précipitamment et regarda autour de lui. Des arbres. Des sapins et des bouleaux de taille moyenne sur les branches desquels la neige s'amoncelait doucement. A sa gauche, un chemin très similaire à ceux qu'il avait l'habitude de parcourir lors de ses promenades en forêt, là où il avait grandi; passé le plus clair de sa vie et finalement, péri... Était-ce donc là l'apparence du lieu où vont s'échouer les âmes des défunts ? Trop secoué pour prendre la mesure de ses forces retrouvées, il était néanmoins certain de ne pas rêver. Le simple fait de se poser la question suffit généralement à nous extirper du sommeil, or, sa conscience, inaltérée, habitait toujours son corps et ses sens fonctionnaient normalement. Il écarquilla les yeux et fit quelques pas en avant, puis se retourna. Où aller lorsque l'on n'a aucune indication ? La perspective de rester en cet endroit désert, inconnu et d'y attendre quelque arrivée hypothétique ne lui convenait pas et le froid, bien que supportable, tout comme la nuit, qui semblait devoir bientôt tomber, constituaient à eux seuls une incitation au mouvement. Ivan réalisa tout d'abord qu'il portait son manteau d'hiver et ses gants de cuir noirs habituels, même s'il était incapable de comprendre comment ceux-ci pouvaient se trouver en sa possession là où il se trouvait et en cet instant. Désireux de faire preuve de prudence, il choisit de suivre le sentier, afin de ne pas s'enfoncer dans la forêt dense qui masquait sa vue et prit la direction qui lui paraissait être le sud.

Il marcha pendant quelques instants, peut être un quart d'heure et parvint en un endroit aussi fascinant qu'inquiétant : Devant lui, la route s'enfonçait sous les branches hautes et larges de gigantesques sapins qui masquaient peu à peu toute lumière, jusqu'à y être littéralement engloutie, barrée. Il crut d'abord à un effet d'optique et continua donc sa marche dans la même direction, mais il fut rapidement obligé de se rendre compte qu'il ne s'agissait nullement d'une illusion. La forêt à laquelle il faisait face semblait faire barrage au soleil lui-même. Poursuivre plus avant sur cette route ne menant pour ainsi dire nulle part était tout bonnement impossible et le simple fait de fixer son regard sur ce spectacle absurde généra en lui un profond malaise, comme si cette obscurité devait renfermer quelque horreur indicible. Alors qu'il se rapprochait, des voix semblaient pénétrer son esprit pour y murmurer des choses incompréhensibles et abjectes à la fois, avec une intensité qui semblait croître avec chacun de ses pas.

  Face à la peur irrationnelle qui s'était emparée de lui, il rebroussa chemin presque instinctivement et se mit à courir jusqu'à ce que cet obstacle infernal ait été arraché à sa vue. A bout de souffle, il trébucha. Par réflexe, il tendit les bras en avant et ses mains amortirent sa chute. Il se releva et se retourna, honteux de son attitude. Il venait de fuir face à l'inconnu, comme un enfant apeuré par la créature imaginaire qu'il croit cachée dans la penderie de sa chambre, ou sous son lit lorsque vient l'heure de dormir. Pourtant, les sinistres chuchotements et murmures qu'il avait perçus n'étaient pas le fruit de son imagination. Il était certain de les avoir entendus. Il dut donc se résoudre à suivre le chemin dans la direction opposée.

  Alors qu'il marchait, des questions l'assaillirent. Il était conscient d'avoir franchi les portes de la mort, mais la contrée dans laquelle il errait ne ressemblait en rien à l'enfer des monothéistes, ni à l'idée que ceux-ci se font généralement du paradis. Son corps, de chair et d'os, avait simplement été purgé de la maladie qui le rongeait. Similaire à ce qu'il était de son vivant, il ne s'agissait pas non plus d'une réincarnation, mais plutôt d'une sorte de résurrection dont la cause lui échappait totalement. Si la logique voulait que d'autres soient passés par ce lieu avant lui, comme semblait l'indiquer le chemin qu'il parcourait, il ignorait tout des lois qui pouvaient avoir cours dans ce monde étrange. Une grande curiosité, mêlée d'une certaine appréhension s'empara de tout son être, alors qu'il s'avançait sur cette route de solitude.

Le chemin bifurqua bientôt en direction du nord-ouest et longea alors un grand étang qui lui offrait une vue plus dégagée sur les environs. Aussi loin que portait son regard, il ne pouvait distinguer ni homme, ni bête. Une mer d'arbres s'étendait à perte de vue, interrompue ça et là par quelques gros amas rocheux. Sans crier gare, le vent s'était levé. Un blizzard qui semblait s'intensifier au fur et à mesure que l'obscurité s'abattait. Il soufflait par bourrasques et faisait tourbillonner la neige dans l'air ambiant, s'engouffrait dans les manches et le col du manteau d'Ivan et l'aveuglait complètement tout en le glaçant jusqu'aux os, ce qui lui fit prendre conscience de la nécessité urgente de trouver un abri où passer la nuit pour ne pas mourir gelé. Lorsque cette idée lui traversa l'esprit, il fut frappé par sa singularité. Lui, qui s'était vu offrir une seconde chance se retrouvait confronté à un nouveau péril, plus concret et imminent que le dernier et cette fois, on lui laissait l'opportunité d'agir. Alors que le vent redoublait de violence, l'espace d'un instant, au cœur de la tempête, il crut entendre l'appel d'une voix féminine, beaucoup plus lointaine et ténue que celles qui l'avaient assailli peut de temps auparavant dans la direction opposée, sans être cette fois-ci en mesure d'affirmer ne pas être victime d'un simple mirage.

Peu à peu, la violence de la tempête se mit à décroître, révélant à Ivan une clairière. Entre les arbres qui lui faisaient face et délimitaient l'endroit, il put distinguer les contours flous d'une silhouette humaine. Bien qu'éprouvé par sa marche forcée dans cette forêt gelée et las de suivre un chemin que la neige avait désormais totalement recouvert, il sentit ses forces le regagner en un instant alors que l'excitation de ne pas être le seul être humain dans les parages s'emparait de lui. Il se précipita donc vers la forme qui se faisait de plus en plus nette… La personne était de taille moyenne et sa démarche était étonnamment chaotique. Elle marchait de long en large, puis restait immobile, avant de changer de direction et de revenir sur ses pas. Peut-être attendait-elle quelqu'un ou cherchait-elle quelque chose ? Dès qu'elle se rendit compte de sa présence, elle se mit également à courir vers lui, révélant bientôt d'inquiétants détails. Ses traits et sa corpulence étaient ceux d'un homme, mais il ressemblait plus à un fantôme qu'à un être vivant. Ses vêtements délavés n'étaient que lambeaux et ne le protégeaient en rien du froid ambiant. Son regard était vide de toute expression, comme si son âme avait déjà quitté son corps. Ses cheveux et sa barbe hirsutes lui donnaient une allure en partie semblable à celle qui était la sienne lors de son agonie. Néanmoins, ce détail constituait son unique ressemblance avec ce sinistre reflet, qui dans sa main droite, tenait fermement un couteau à peu près aussi long que son avant-bras.

Ivan ne s'en rendit compte que trop tard pour esquiver le premier coup et la lame déchira sans mal l'étoffe de son pantalon, pour lui entailler sévèrement la cuisse gauche, le faisant grimacer de douleur. Fort heureusement pour lui son adversaire était secoué de violents tremblements, ce qui n'était pas étonnant par une nuit aussi glacée. S'il avait su qu'il aurait affaire à pareil dément, même en imaginant que ce dernier lui ait

barré la route, il n'aurait certainement pas eu à attendre très longtemps pour voir son corps gelé mordre la poussière… Ses réflexes et sa vigilance lui permirent par la suite d'éviter ou de parer les tentatives meurtrières de l'inconnu qu'il réussit finalement à faire chuter en le repoussant violemment de son bras, avant de lui arracher son arme et de la plonger avec fureur dans sa poitrine. Son agresseur avait quitté ce monde et lui, malgré la douleur causée par sa blessure, était toujours en vie…
Pour l'anesthésier, presque aussitôt après la fin du combat, il massa sa jambe avec de grosses poignées de neige, jusqu'à ne plus rien sentir. Celle-ci se teinta de rose en se mêlant au sang qui coulait abondamment de la plaie. Bien entendue, la morsure du froid n'était probablement pas la sensation la plus agréable qui soit, mais comparée à celle d'une plaie profonde, elle constituait une simple caresse. Cette besogne achevée, il ne lui restait plus qu'à partir à la recherche d'un abri convenable, dans lequel on pourrait lui apporter les soins requis.

Qui était cet homme et que faisait-il dans cette clairière ? Son état dépenaillé laissait supposer qu'il avait erré un certain temps avant d'arriver ici, ou alors, peut être était-il, plus vraisemblablement, tombé dans un ravin, à moins qu'il n'ait été attaqué par des animaux sauvages ? Autant de questions auxquelles il ne pouvait apporter aucune réponse... Comme il était indécent de laisser le cadavre de l'inconnu au milieu du chemin, Ivan le saisit par les poignets et le traîna jusqu'au pied des arbres les plus proches. Bien entendu, il n'avait ni le temps, ni les moyens de l'enterrer dans l'immédiat. Par mesure de sécurité et ne sachant pas si il allait avoir affaire à d'autres adversaires il choisit de conserver le couteau, seule possession de valeur du fou furieux. C'était une sorte de dague, de conception assez simple, mais dotée d'une garde. Il s'en servit pour découper l'une des manches de la chemise de son agresseur et en fit un bandage grossier qu'il noua autour de sa blessure. Le fait d'avoir en sa possession une arme, aussi modeste soit-elle, même si celle-ci était tâchée du sang d'une personne à laquelle il avait ôté la vie pour protéger la sienne, le fit sombrer dans une sorte de défiance fébrile et mêlée d'horreur, qui lui donna la force de se remettre en route sans plus tarder.

3 : Le village

Suite à ce sanglant baptême, qui marquait le premier meurtre de son existence, qu'il espérait être le seul, il n'eut pas à marcher très longtemps avant de pouvoir distinguer les lumières scintillantes d'une bourgade, qui, à en juger par sa superficie, ne devait pas abriter plus de deux mille âmes. L'heure du couvre-feu n'avait visiblement pas encore sonné…

Alors qu'il avançait en direction du village, deux nouvelles questions vinrent s'ajouter à celles qui le tourmentaient déjà : Où allait-il passer la nuit et les jours suivants sans un sou en poche ? Et devait il révéler aux locaux ce qui lui était arrivé dans la forêt ? On risquait dans ce cas de l'accuser de meurtre, ce dont il n'avait aucune envie, ne se sentant pas en mesure de faire face à un quelconque tribunal.

A l'entrée sud de la bourgade brillait une lumière plus intense que celles qui semblaient provenir des bâtiments alentour. En s'approchant, il se rendit compte qu'elle provenait d'un grand feu qui ressemblait à une sorte de bûcher de par sa taille et sa forme conique. De hautes flammes dansaient dans l'obscurité et il put bientôt sentir l'odeur résineuse de la fumée épaisse qui s'élevait de la fournaise, changeant de trajectoire au gré des vents glacés, puis entendre le craquement des bûches imposantes qui l'alimentaient. Il s'arrêta un instant pour contempler ce spectacle à la fois simple et grandiose. Devant lui, le feu et la glace se livraient un combat impitoyable, sans que l'un de ces deux éléments ne prenne l'avantage sur l'autre. Même si ce bûcher était proche de certaines bâtisses, personne n'était là pour le surveiller. Les villageois semblaient tous s'être retirés dans leurs maisons, à l'abri des intempéries…

Désireux de goûter au même confort, Ivan erra dans les rues du bourg en essayant de repérer un refuge dans lequel on voudrait bien l'accueillir. Dans l'ensemble, les constructions locales étaient assez semblables les unes aux autres : Des structures dont les plus simples consistaient en de simples cabanes de rondins, qui n'étaient pas sans lui rappeler les isbas russes ou les blockhaus des pionniers d'Amérique du nord. En revanche, dans ce qui semblait être la rue principale, la pierre était présente dans la quasi-totalité, si ce n'est dans tous les bâtiments, dont le plus élevé, bien que plus grand que les habitations qui l'entouraient, n'était doté que d'un étage. Ivan hésita à frapper à la porte, mais ne voyant aucune enseigne, renonça finalement. D'ailleurs, aucune lumière ne provenait du rez-de-chaussée. La toiture des édifices n'était pas aussi pentue qu'on aurait pu l'imaginer dans une région aussi neigeuse et pour certains d'entre eux, surtout ceux des plus grandes bâtisses, semblait même plate. Au nord de la rue, au milieu d'un cimetière sans clôture, se trouvait ce qui ressemblait à une chapelle, dépourvue de clocher, mais dotée de contreforts et dont l'unique porte était surmontée d'une rosace, dont les motifs colorés étaient mis en valeur par la lumière provenant de l'intérieur, malgré l'heure tardive. Intrigué et pensant qu'il s'agissait de l'endroit idéal pour quémander de l'aide, ou même de simples indications, Ivan décida d'entrer...

A l'intérieur, six torches murales ainsi que trois chandeliers apportaient une clarté relative à la nef de la modeste église tout en dégageant des odeurs de poix et de suif. A sa droite, deux portes de bois sombre. La plus éloignée s'ouvrit et laissa paraître un homme vêtu d'une jaquette et d'un pantalon noirs. Celui-ci vint immédiatement à la rencontre d'Ivan, tout en levant sa main droite à hauteur de son visage en signe de salut, ou peut-être d'apaisement. Il paraissait avoir la cinquantaine. Son expression était assez calme, malgré la méfiance que trahissait son regard. Ses cheveux sombres, absents de son front gagné par la calvitie, viraient vers le gris.

« -Il est tard et vous devez être épuisé. Le bourgmestre est certainement couché maintenant, aussi, je vous suggère de passer la nuit ici-même. Je ne vais pas tarder à me rendre dans ma chambre, moi non plus... Je pense que la pièce dont je viens devrait faire l'affaire pour vous. Elle me sert de bibliothèque et de salle d'étude, mais je peux vous prêter une paillasse ainsi qu'une couverture. Je vous demanderai de respecter ce lieu et de ne toucher à rien. Nous reparlerons demain après le lever du soleil.

-Je vous remercie pour votre hospitalité. Je dois dire que votre accueil me surprend. Vous ne semblez pas vraiment étonné de voir un visiteur se présenter à vous en en pleine nuit... Attendiez-vous quelqu'un ? Pouvez-vous me dire où nous sommes et ce qui se passe par ici ? Je viens d'arriver en ville et ai peur d'être totalement perdu…»

   Le prêtre, si telle était bien la fonction de cet hôte énigmatique, ne prit pas la peine de répondre et disparut derrière la seconde porte, avant de revenir presque aussitôt avec la « literie » dont il avait parlé à Ivan, et de la lui tendre.
« -Le mieux que vous puissiez faire pour l'heure est d'essayer d'oublier les questions qui vous tracassent et de dormir paisiblement. Je pense que vous êtes en sécurité dans la chapelle. Je viendrai vous chercher demain à l'aube. Je vous souhaite une bonne nuit, paisible et réparatrice. »

   Il verrouilla l'entrée de l'église, éteignit les chandelles de la nef, retourna dans la pièce dont il était venu et ferma à clef la porte de sa chambre.
   Il y aurait certainement eu dans la fameuse salle d'étude assez de place pour que six ou sept personnes puissent dormir à même le sol, malgré les nombreux meubles qui encombraient les lieux, mais Ivan aimait depuis toujours limiter l'espace autour de lui pendant son sommeil, ce qui lui donnait une impression de sécurité, similaire à celle que peuvent ressentir les enfants qui se cachent sous leurs couvertures. Il s'installa donc entre deux étagères fixes, qui lui laissaient toutefois assez d'espace pour étendre ses membres hors de sa paillasse si l'envie lui en prenait.
Malgré la nature austère de l'endroit, il s'y sentait en sécurité et fourbu comme il était, ne tarda pas à s'endormir. Au dehors, le vent mugissait. La tempête semblait avoir repris.

4 : Le chaud et le froid

Comme prévu, le prêtre vint le chercher aux aurores. Il était vêtu du même costume que la veille et avait apporté un petit baquet d'eau chaude et vaporeuse, un gros torchon, ainsi qu'un morceau de savon noir.
« -J'espère que vous êtes en forme. Prenez ceci et lavez-vous la figure. Je vous accompagnerai ensuite à la maison communale, où vous pourrez vous entretenir avec le bourgmestre. Il vous fera part d'un certain nombre d'informations précieuses, que vous êtes en droit de connaître et qui maximiseront vos chances de survie dans la région. Ne les ignorez sous aucun prétexte, ou vos jours seront comptés. Que le ciel vous vienne en aide… Vous n'avez pas idée des dangers au devant desquels vous allez…
-De quels dangers parlez-vous ? Je n'ai moi-même pas la moindre idée de ce que je fais ici et n'ai pas choisi de m'exposer à quelque péril que ce soit ! Et d'ailleurs, pourquoi n'éclaireriez-vous pas ma lanterne au sujet de ce hameau, de ses habitants, de la région ?
-Peut-être aurons-nous l'occasion d'en reparler plus tard. Un office ne va pas tarder à avoir lieu et pour l'heure, j'aimerais que l'on ne vous voie pas en ces lieux. Je vous attendrai devant l'entrée de la chapelle. Veuillez vous hâter. »
De la même manière que la veille, il quitta la pièce sans ajouter un mot, laissant son visiteur en proie à la plus grande des confusions. Que signifiait donc cette attitude ? Était-il vraiment pressé, ou cherchait-il

seulement à fuir la conversation. Et si tel était le cas, quelle en était la raison ? Les questions se succédaient et aucune réponse ne venait dissiper cette situation chaotique et de plus en plus oppressante. En vérité, qu'y a-t-il de pire que de sentir une menace invisible planer sur soi depuis les ténèbres ?

Avec l'arrivée du jour, les carreaux colorés du petit vitrail donnant sur l'extérieur laissaient entrer assez de lumière pour éclairer la pièce. Tout y semblait ancien, abimé, poussiéreux. Les joints des murs de pierre étaient envahis par la mousse, les meubles de bois avaient l'air d'avoir subi le passage des siècles et les livres dans les étagères et sur les tables, avec leurs pages jaunies et leurs couvertures ternes avaient un aspect particulièrement usé. Certains de ces ouvrages étaient imprimés, même si la plupart d'entre eux avaient visiblement été écrits à la main. Néanmoins, tous étaient dans le même état déplorable.

Bien entendu, ceci ne concernait pas que la pièce, mais tout l'édifice. L'impression globale que donnait cette église était celle d'un endroit venant d'avoir été réinvesti suite à des décennies, voir des siècles, d'abandon.

Après s'être lavé sommairement, Ivan alla donc rejoindre le religieux, dont il ignorait jusqu'au nom. Ils marchèrent jusqu'à la grande maison bordant la rue principale qu'il avait vue le soir de son arrivée. Le temps était brumeux, mais relativement clair et le blizzard avait cessé. Pendant la nuit, de grandes quantités de neige étaient tombées sur le village. Le prêtre frappa à la porte et quelques instants après, une femme bien en chair et

portant un tablier lui ouvrit avec le sourire. Il était difficile de déterminer son âge. Un fichu couvrait ses cheveux châtains mi-longs.
« -Bonjour révérend. Nous avons eu une sacrée tempête la nuit dernière ! Est-ce que tout va bien pour vous ? Grâce au ciel, nous n'avons pas eu de casse. Qui nous amenez-vous là ? Un ami à vous ?
-C'est un étranger. Il doit aller parler au bourgmestre. Transmettez-lui mes salutations. Je dois vous laisser.
-Un étranger ? Je… Je vois. »
Elle se tourna vers son visiteur, peinant à dissimuler son embarras.
-Pouvez-vous entrer ? Le bourgmestre va vous recevoir.
Ivan opina et suivit la matrone dans la bâtisse.

L'intérieur de l'édifice offrait un contraste saisissant avec celui de la chapelle. Le bois y était prépondérant. Celui qui constituait le plancher avait un aspect quelque peu grossier, mais également sain et robuste. Les murs de la salle principale, où il se trouvait alors étaient tapissés de plâtre, sans doute avant tout pour préserver les lieux du froid mordant qu'il avait lui-même dû endurer pour parvenir à ce village, dont on ne lui avait encore révélé ni le nom, ni la situation. Accrochées çà et là, on pouvait y admirer, les têtes cornues de quelques cerfs ou chevreuils, trophées de chasse communs mais fort décoratifs. Jusqu'à la hauteur de sa tête, les murs étaient toutefois recouverts de larges planches verticales, lambris rustique dont la couleur virait légèrement sur le rouge et qui reliaient de massifs piliers de bois plus sombre, semblable à celui des meubles dont le lieu était pourvu. leur base et leur sommet évasés avaient été sculptés de manière simple et élégante.

Le mobilier de la salle consistait en quatre étagères emplies de livres et dont la moitié était encastrée dans des alcôves spécialement conçues à cette fin. Les deux autres, moins larges mais plus hautes, étaient symétriquement placées de part et d'autre d'un bureau jouxtant le mur donnant sur la rue principale et sur lequel trônaient un encrier laqué de forme hexagonale, une longue plume d'oie ainsi qu'une grande feuille de papier constituant sans doute quelque document administratif.

En dehors de ceci, la salle n'était dotée que d'une grande table rectangulaire, de ses quatre chaises dont le dossier était décoré d'une armature de métal sombre, ainsi que de deux fauteuils de bois.

Il ne faisait ni froid ni très sombre dans cette maison communale, dont l'éclairage artificiel consistait seulement en une paire de lampes à huile suspendues à de petites chaînes, de part et d'autre d'une seconde porte donnant sur l'extérieur, en tout point similaire à celle par laquelle il était entré dans le bâtiment, mais située dans le mur opposé, ainsi qu'en une grande cheminée, présente au sein du même mur et dans laquelle crépitaient deux grosses bûches. Devant cette cheminée et cette porte, le plancher faisait place à deux dallages de briques jaunâtres marquant respectivement l'emplacement d'un couloir et d'un petit hall d'entrée.

La servante, apparemment très occupée, s'était hâtée de fausser compagnie à Ivan alors qu'il admirait les lieux et était en train de s'affairer dans une petite remise située à gauche du couloir et de la cheminée, surplombée par les escaliers de bois donnant sur l'étage.

Les marches grincèrent l'une après l'autre et un homme moustachu aux cheveux châtains et vêtu d'une redingote grise apparut. Arrivé au rez-de-chaussée, il tourna la tête dans la direction d'Ivan, l'inclina légèrement en guise de salut et vint aussitôt lui parler.

« -Je vous souhaite la bienvenue à Northbury, en mon nom et en celui de toute la communauté. Je m'appelle Émile Charretier. Je suis le bourgmestre de ce village. Permettez-moi de vous offrir le gîte et le couvert pendant toute la durée de votre séjour parmi nous. »

Malgré l'amabilité de ses paroles, son ton avait quelque chose d'anormalement insistant, un peu comme s'il s'efforçait de conjurer une réalité embarrassante. Il avait particulièrement appuyé sur les mots « bienvenue », « mon nom » et « toute la communauté ».

« -Je vous remercie. Grâce à vous, à défaut de savoir précisément où nous nous trouvons, je connais désormais au moins le nom de ce village. Mon nom est Ivan Carville.

-Heureux de faire votre connaissance. J'ai... Beaucoup de choses à vous dire. Je vous propose de vous asseoir pour m'écouter.

-Fort bien... Dites-moi, Monsieur Charretier, pourquoi vous préoccupez-vous autant du bien-être d'un parfait inconnu ?

-Vous n'allez peut-être pas croire ce que je vais vous dire, pourtant, je peux vous assurer que je n'ai aucunement l'intention de vous mentir. Les informations que je vais vous fournir sont certes terribles, mais je crois être de mon devoir de vous avertir. Sachez également que je ne suis nullement votre ennemi. Si vous le souhaitez, vous pouvez prendre encore un peu de repos, mais plus tôt vous serez au courant et accepterez votre situation et mieux vous pourrez y faire face.

-Après ce qui m'est arrivé, je pense être prêt à entendre à peu près n'importe quoi sans même sourciller. Pour l'heure, je crains de nager en plein brouillard. Soyez donc assuré que j'écouterai avec une grande attention tout ce que vous jugerez bon de me révéler.

-Je suis heureux de vous l'entendre dire. Tout d'abord, j'aimerais savoir si vous avez des questions à me poser. Si tel est le cas, je tâcherai d'y répondre de mon mieux.

-Merci à vous. Dans ce cas, permettez-moi de réitérer ma première question. Pourquoi vous intéressez-vous à moi ? Il me semble n'avoir croisé personne en venant dans ce village, et pourtant le prêtre qui m'a conduit à vous et que j'ai rencontré hier après le coucher du soleil semblait savoir que j'allais frapper à la porte de sa chapelle…

-Vous n'êtes pas le premier étranger perdu à arriver à Northbury sans en comprendre la raison… Voyez-vous, le temps nous a enseigné les moyens d'anticiper et de préparer la venue de visiteurs tels que vous.

-De quels moyens parlez-vous ? Et qu'est-il advenu de ceux qui m'ont précédé ?

-Je crains qu'il soient tous morts…

-Tous morts ? C'est affreux ! Que leur est-il donc arrivé ?

-C'est là où je voulais en venir… Le même scénario se

répète de manière invariable depuis des années… Chaque fois, le mal se manifeste tout d'abord à travers de terribles cauchemars collectifs, transformant notre sommeil en un piège mortel. Je ne veux pas dire que ceci est simultané, ni même que cela concerne directement chacun d'entre nous, mais ces phénomènes étranges et terribles se produisent toujours brusquement, se généralisent de la même manière qu'une épidémie et durent parfois plusieurs semaines d'affilée. Au cours de ces nuits de terreur, certains d'entre nous disparaissent de manière inexpliquée, comme arrachés à leurs maisons par une force extérieure. Les gens qui dorment seuls sont en général les plus vulnérables. Par la suite, on retrouve parfois les cadavres gelés des infortunées victimes dans la nature environnante, même si c'est loin d'être toujours le cas. Plus rarement encore, il arrive que des chasseurs ou des bûcherons tombent nez à nez avec l'un des disparus. Lorsque c'est le cas, ils n'ont plus affaire qu'à une épave enragée et irrécupérable, qui finit invariablement par rendre l'âme au bout de quelques jours, même après un hypothétique retour au village. C'est pourquoi ceux qui ont le malheur de tomber nez à nez avec l'un de ces malheureux choisissent généralement de les abattre à vue.

-C'est épouvantable, mais je pense savoir de quoi vous parlez… J'ai moi-même été attaqué par une personne semblant atteinte de quelque folie meurtrière, peu de temps avant d'arriver au village. J'ai été obligé de la tuer et comme vous pouvez le voir, j'ai été blessé à la cuisse pendant notre affrontement. »

En entendant cela, le bourgmestre, même s'il parvenait

à conserver tout son flegme, ne put s'empêcher de blêmir.
« -Je… Comprends… Je sais que vous n'avez pas eu le choix et ne vous en tiendrai donc aucunement rigueur. Vos bandages sont pleins de sang. Il vaut mieux immédiatement désinfecter la plaie et y appliquer une compresse propre.»

Le sang qui souillait le bandage avait en fait à peu près coagulé, mais celle-ci n'avait bien sûr pas cicatrisé en si peu de temps. Il faudrait sans doute encore des jours pour qu'elle se referme vraiment. Ce n'était toutefois pas le principal souci d'Ivan.

« -Ce n'est pas de refus, mais je préfère d'abord que vous me disiez tout ce que vous savez au sujet de ma situation. Je ne vois pas le rapport qui peut exister entre mon arrivée en ces lieux et les malheurs qui s'abattent sur votre communauté.
-Vous n'y êtes bien entendu pour rien, mais on ne peut nier le lien qui existe entre l'arrivée d'étrangers parmi nous et le fléau qui nous menace. Pire encore, maintenant que vous êtes parmi nous, nous allons connaître une période d'accalmie relative, qui prendra fin brutalement dans moins d'une semaine si vous vous attardez ici. Je ne veux pas votre mort, mais votre simple présence parmi nous risque de provoquer celle de plusieurs personnes. Je ne peux que vous conseiller d'éviter de vous montrer en public. Le village est trop petit pour permettre à un étranger de passer inaperçu longtemps.
-Êtes-vous en train de me dire que les autres étrangers ont été lynchés ?

-Je ne le pense pas, quoique je n'aie pas non plus la preuve formelle du contraire. Le registre municipal répertorie les événements marquants ayant eu lieu à Northbury depuis plus de cent cinquante ans. L'arrivée d'étrangers solitaires y est mentionnée à huit reprises et avant votre venue, j'en ai été témoin par deux. J'ai vu chacun des deux hommes quitter le village pour ne jamais y revenir. Peu de temps après, les cauchemars collectifs et les disparitions inexpliquées avaient complètement cessé. Comme vous vous en êtes certainement rendu compte le soir de votre arrivée, la nature peut se révéler particulièrement hostile dans la région…
-N'ont-ils pas simplement pu atteindre une bourgade voisine ? Ce village est-il donc à ce point éloigné de toute civilisation ?
-J'ai ici-même des cartes de la région, dont je peux vous donner des copies. Seulement, il se peut qu'elles ne vous soient en définitive d'aucune utilité…
-Que voulez-vous dire ?
-De mémoire d'homme, Northbury vit en autarcie. Les cartes indiquent l'emplacement d'autres villages, mais nous n'avons aucun contact avec leurs habitants. A l'Est, il est fait mention d'une ville appelée Saint-Talbot, mais pour s'y rendre, il faudrait certainement au moins quatre jours de marche et personne ici n'acceptera de vous accompagner dans cette direction. Peut être vos prédécesseurs ont-ils réussi à atteindre ce lieu, mais, pour être franc avec vous, j'ai du mal à y croire… Comme beaucoup des nôtres, je crois que quelque chose hante la forêt, cherchant à leurrer ses proies pour les

attirer vers un destin funeste…

-Si je dois quitter votre village, il va me falloir de l'équipement. Avez-vous des recommandations à me faire à ce sujet ?

-Vous allez bien évidemment avoir besoin de vous protéger du froid… Dans la mesure du possible, il vaudrait mieux également que vous vous armiez. Vous pourriez avoir à faire face à des animaux sauvages, ou pire encore. Qui sait ce qui rôde hors du village après la tombée de la nuit…

-Êtes-vous en mesure de me fournir le matériel nécessaire ?

-Je crains que non. Vous allez devoir vous procurer la majeure partie de votre équipement par vous-même, aussi vite que vous le pourrez. Il est certain que lorsque les villageois vous auront identifié, leur hostilité à votre égard ne cessera de croître. Je sais que ce que je vais vous dire ne vous apportera qu'un bien maigre soulagement, mais conformément à la loi, nous sommes en mesure de verser une prime à toute personne qui ramènerait le corps d'un disparu, afin que celui-ci puisse être enterré dignement.. Ceci est bien entendue valable pour la personne qui vous a attaqué la nuit dernière. Ne gaspillez surtout pas l'argent qui vous sera remis. J'enverrai deux hommes de confiance de la milice pour vous aider à transporter le cadavre de votre victime jusqu'à sa dernière demeure. J'espère seulement que vous vous souvenez de l'endroit ou le combat a eu lieu et que le corps s'y trouvera encore.

-L'affrontement a eu lieu non loin du village, nous parviendrons peut-être à retrouver le corps.

-Tant mieux. Je vais demander à Susanna de s'occuper de votre blessure, puis j'irai chercher les hommes qui vous accompagneront. Lorsque vous reviendrez, si vous le souhaitez, nous déjeunerons ensemble ici-même. Nous pourrons en profiter pour tenter de préparer votre séjour parmi-nous et votre départ dans les meilleures conditions possibles. »

Il quitta la pièce pour laisser la place à la femme qui avait ouvert la porte à Ivan et au prêtre lors de leur arrivée. Cette dernière tenait un flacon d'alcool ainsi qu'un panier contenant apparemment une pile de linge.
« -Peut-être vaudrait-il mieux que vous vous allongiez ? Si vous voulez bien monter les escaliers, je vais vous conduire à votre chambre.
-Certainement. Je vous remercie de votre aide, Susanna. »
A l'étage, un couloir séparait deux pièces de la chambre qui avait été allouée à Ivan. Les mansardes disposaient toutes d'une unique fenêtre donnant sur l'extérieur, dont chaque vitre était couverte de cristaux de givre, dessinant de superbes motifs. La première, qui faisait face aux escaliers, ressemblait à une petite salle de réunion, Trois tables y avaient été disposées en U dans le sens opposé au couloir parallèles aux bancs encastrés dans les murs, auxquels pendaient des tapisseries pourpres et blanches et dont les extrémités étaient délimitées de part et d'autre par de massives colonnes de bois sculpté. Sur chacune d'entre elles, reposait un chandelier éteint à trois branches.

La porte de la pièce mitoyenne, désignée par Susanna comme étant la chambre du bourgmestre, visiblement la plus grande de l'étage, était fermée. Au bout du couloir trônait une grande horloge franc-comtoise de merisier dont les aiguilles indiquaient sept heures douze. La chambre d'Ivan se trouvait à droite de cette machine, aussi utile que décorative, dont le son du balancier se faisait entendre chaque seconde, inlassablement. Le mobilier y consistait en une commode basse pourvue de trois tiroirs, d'une étagère contenant plusieurs livres de tailles diverses, d'une chaise toute simple, d'un tapis réalisé avec la peau d'un petit ours noir et d'un lit à une place à la couverture jaunâtre sur lequel Ivan s'étendit. La femme de chambre s'adressa de nouveau à lui, froidement, mais sans malveillance.

« -Vous n'avez de blessure qu'à la cuisse ?

-A part quelques égratignures sans importance…

-Défaites vos bandages et essayez de ne pas trop salir votre lit. Je peux m'en charger si vous ne vous en sentez pas capable.

-Merci, mais je pense être capable de me débrouiller seul. Le pansement de fortune révéla une entaille suintante et maculée de sang en partie coagulé, mais certainement plus bénigne que la douleur lui avait laissé paraître.

-Ça va piquer. Serrez les dents… »

Une fois désinfectée et nettoyée, la blessure semblait bien moins affreuse. Restait la coupure que ni l'alcool ni les bandages ne permettraient de refermer efficacement…

« -C'est tout ce que je peux faire pour vous. Je pense qu'il va falloir recoudre la peau. Vous devriez retourner voir le révérend.

-Ne pourriez-vous pas vous en charger ? Je suis sûr que vous disposez de tout le matériel nécessaire…

-Je veux bien recoudre une étoffe ou un tissu, mais l'idée même d'agir de la sorte avec la peau d'un être vivant me fait frémir ! Croyez-moi, le révérend saura s'occuper de vous bien mieux que moi. En plus d'être le guide spirituel de notre communauté, il a de très bonnes connaissances en chirurgie et en herboristerie. J'ai trop peur d'aggraver votre blessure par maladresse !

-Comme vous le savez, je viens de chez votre prêtre. Je l'ai rencontré hier soir et il n'a rien fait pour moi !

-Inutile de vous énerver ! Il n'avait peut-être pas ce qu'il fallait sous la main à ce moment et d'ailleurs, les instructions du bourgmestre sont strictes : Tous les étrangers qui arrivent en ville doivent venir à la maison communale aussi vite que possible.

-Ma blessure aurait pu s'infecter pendant la nuit ! J'ai eu de la chance que cela n'ait pas été le cas !

-Je vous ai dit ce que j'avais à vous dire. J'ai un tas de choses à faire et n'ai pas le temps d'écouter vos complaintes. Je vous laisse de quoi changer vos bandages. »

Elle reprit le flacon d'alcool, sortit de la pièce et ferma la porte derrière elle. Quelques instants plus tard, Ivan avait refait son pansement et retourna au rez-de-chaussée. Le bourgmestre avait disparu, aussi décida-t-il de retrouver le prêtre à la chapelle. Par souci de discrétion, il sortit par la porte opposée à celle donnant sur la rue principale.

Aussitôt le seuil franchi, il tomba nez à nez avec quatre

individus vêtus de longues vestes à capuches beiges et de gilets de cuir épais non colorés. A leurs ceintures pendaient des gourdins de bois sculpté aux deux extrémités ferrées, des armes à l'apparence sobre, mais robuste. Non loin se tenait un homme barbu de grande taille dont le long manteau brun ouvert, assorti à son chapeau de feutre mou, laissait entrevoir une chemise noire. Celui-ci tenait dans sa main droite un pistolet à rouet, une arme archaïque à un coup semblable à celles utilisées au temps des guerres de religion en Europe. Ivan le vit tourner brièvement le regard vers la gauche en direction du bourgmestre qui lui-même contemplait le traîneau à chiens qui servirait sans doute à transporter le corps de sa victime.

« -Sont-ils tous ici pour m'accompagner ? Pourquoi une telle escorte est-elle donc requise ?
-Ils ne vous accompagneront pas tous. Je pense que deux d'entre eux devraient suffire. Il vaut mieux que les autres continuent de garder la ville.
-Avant toute chose, j'aimerais trouver le prêtre pour qu'il puisse s'occuper de ma blessure. Malgré ma gratitude pour les soins dispensés par votre femme de chambre, je crains qu'ils n'aient été assez sommaires…
-Vous n'en aurez certainement pas pour très longtemps, n'est-ce pas ? Et lorsque vous serez de retour, tout sera prêt pour en finir avec cette blessure. »

En finir avec cette blessure… Ivan opina machinalement, tout en se demandant pourquoi il était plus urgent pour le bourgmestre de se procurer un cadavre que de secourir un vivant… Presque contre sa volonté, il suivit au premier claquement de fouet l'homme au pistolet et l'un de ceux qui semblaient être ses subalternes et qui venait de prendre les rennes du traîneau. Arrivés aux limites du village, ils firent une halte. Ivan, surpris et méfiant, se tourna vers ses deux compagnons. Malgré lui, son cœur se mit à battre plus vite, reflétant son appréhension.

« -Comment savez-vous que je suis venu de cette direction ? Je ne l'ai dit à personne…
-Le bourgmestre nous a dit d'emprunter ce chemin. Si vous voulez savoir pourquoi, je vous suggère de lui demander.
-C'est bien mon intention. »

Après cet échange aussi succinct que possible, ils s'engagèrent sur le lugubre sentier. Comme on pouvait s'en douter, la méfiance qu'Ivan éprouvait vis-à-vis de son escorte était réciproque. Ce n'est qu'à contrecœur et après un long silence que son interlocuteur desserra à nouveau les dents.

« -Vous l'avez laissé près du chemin ? Soyez attentif et essayez de vous rappeler où vous l'avez abandonné. Souvenez-vous que vous toucherez une prime si nous le ramenons à l'église.
-Je me souviens l'avoir déposé du côté droit du chemin, alors que je faisais face à votre village.
-Cette seule indication ne nous aidera pas beaucoup. N'y a-t-il donc rien d'autre dont vous vous rappeliez ? Le chemin dans la forêt est terriblement monotone. Sans renseignement supplémentaire, autant renoncer tout de suite. Après avoir tué celui qui vous a attaqué, combien de temps vous a-t-il fallu pour arriver à Northbury ?

-Peut-être une demi-heure ? Je ne saurais dire... Essayez d'imaginer à quel point mon esprit était en proie à la confusion lorsque les événements d'hier ont eu lieu.»
Les deux hommes le regardaient froidement, mais fixement. Il détourna la tête, comme pour effacer leur image de son esprit et les circonstances du combat lui revinrent aussitôt en mémoire.

« -C'était une clairière. La dernière avant d'arriver au village, si mes souvenirs sont bons...
-Bien. Nous allons peut-être le retrouver, en fin de compte. En avant ! »
A chaque pas, les bottes d'Ivan et de l'homme au pistolet s'enfonçaient profondément dans la neige, ce qui ralentissait considérablement leur progression, problème qui ne se posait pas pour le milicien en traîneau qui avait même visiblement du mal à faire en sorte que les chiens, surexcités, modèrent leur allure et que tous restent groupés.
Il ne leur fallut malgré tout pas très longtemps pour atteindre ladite clairière. Arrivé sur les lieux, Ivan fut le premier à faire halte, pour être aussitôt interpellé.

« -C'est ici, c'est bien ça ? »
Il opina et frissonna un instant, pas seulement à cause du froid, mais aussi à l'idée de croiser le regard mort de sa victime.

« -La clairière n'est pas très grande et notre « invité » nous a dit que le corps se trouvait sur le côté est du chemin. Prenez des pelles et aidez moi à creuser. »
Il s'avança vers le chariot, rabattit le drap noir qui le recouvrait, sous lequel avaient été rangés les outils ainsi que deux sacs de toile grossière et tendit les pelles à ses

deux compagnons. Ils avaient à peine commencé à déblayer la neige que le sifflement d'une bourrasque se fit entendre. Les branches des arbres furent violemment secouées au moment où un véritable rideau blanc fut jeté devant leurs yeux, pour disparaître aussi soudainement qu'il était tombé.

C'était au pied d'un grand sapin qu'Ivan avait déposé le cadavre du dément. Il s'en souvint et après seulement quelques pelletées, heurta quelque chose de dur. Il ne le voyait pas encore, mais il savait à qui, ou plutôt à « quoi » il avait affaire. L'homme de main fut le premier à s'en rendre compte. C'est avec un ton mêlant reproche et ironie qu'il s'adressa à lui.

« -On dirait que vous l'avez retrouvé, pas vrai ?
- Déjà ? Voilà qui nous fait gagner du temps. Posez vos pelles. Ce serait terrible de le démembrer par inadvertance, n'est-ce pas ? Toi, aides-moi à le dégager de là. Doucement…

Les deux miliciens s'accroupirent de part et d'autre de leur macabre découverte et de leurs mains gantées, écartèrent le gros de la neige qui recouvrait le corps, qu'ils firent ensuite glisser jusqu'au traineau avant de le soulever et de l'y déposer avec précaution. L'officier commença ensuite à ôter du revers de la main droite la neige qui masquait encore les traits du cadavre, sous l'œil attentif de son subalterne qui après avoir dévisagé quelques secondes la figure boursouflée et ravagée par de multiples engelures s'exclama avec horreur en se tournant vers Ivan.

« Par l'enfer ! Je le connais ! C'est James Sullivan… Mon cousin ! » Ses yeux étaient hagards, mais chacun des mots qui sortait à cet instant de sa bouche était semblables à une pierre lancée contre un mur.

« -Quoi ? Et il a fallu que ce soit toi qui m'accompagne ? Est-tu certain de ne pas te tromper ?
- Aucun doute, c'est lui ! Il était veuf et passait le plus clair de son temps chez lui à exercer sa profession. Il était tonnelier… Et cet étranger l'a tué ! »
Ivan se tenait un peu en retrait, mais observait les deux hommes depuis qu'ils avaient commencé à s'affairer à dégager le cadavre de sa « sépulture » neigeuse.

« -Je l'ai tué, c'est vrai. Ne croyez pas que sa mort ne m'afflige pas, mais permettez-moi quand même de vous demander ce qui se serait passé si votre cousin s'en était pris à vous, à vos enfants ou à votre compagne…
-C'est vous qui dites qu'il vous a attaqué ! Qu'est-ce qui le prouve ? Vous avez peut-être simplement fait ça pour le détrousser ! Vous étiez seuls, n'est-ce pas ?
-Et que faisait votre cousin seul au beau milieu de nulle part et armé, qui plus est ? » Il prit la dague dont il s'était emparé la veille et la jeta aux pieds du milicien.

« -Je ne veux pas de l'arme qui a servi à tuer un membre de ma famille ! Gardez-la donc !
-Assez ! Ce qu'a fait cet étranger me révulse autant que toi, mais il faut admettre qu'il n'a pas tort. Après tout, il n'a cherché qu'à se défendre et nous en aurions fait autant à sa place. Quant à ce couteau, je vous suggère de le ramasser plutôt que de le laisser rouiller ici. Si vous n'en voulez pas, vendez-le, ou échangez-le. Monsieur, vous n'allez pas tarder à vous rendre compte que le gaspillage est un luxe que vous n'allez pas pouvoir vous permettre en Haute Calombrie. »

Ivan, au bord de l'énervement, acquiesça et ramassa la dague, même si en cet instant, le fait de l'avoir en sa possession lui répugnait presque autant qu'à l'autre homme. Il avait la ferme intention de faire ce que l'officier lui avait suggéré et d'échanger l'arme dès que l'occasion se présenterait. Haute Calombrie ? Tel était donc le nom de cette contrée hostile ? Il ne l'avait jamais entendu et au plus profond de lui, savait pertinemment qu'il n'était plus dans son monde d'origine.

Une fois le corps solidement emmailloté dans le drap noir qui masquait son identité et par la même occasion, son apparence horrible, les trois hommes firent demi-tour vers le village. Pendant leur expédition, le soleil était monté au zénith et ses rayons, se reflétant sur les cristaux de neige des alentours, dégageaient une lumière aveuglante, sans pour autant réchauffer notablement l'air ambiant glacé…

De retour à la bourgade, ils empruntèrent la rue principale, qui était le chemin le plus court pour se rendre à la chapelle. Pour la première fois, Ivan put observer les villageois du cru, leurs traits et leurs costumes.

Bien évidemment, tous étaient habillés pour faire face à la saison, aussi féerique qu'impitoyable. Chacun d'entre eux était équipé d'une paire de bottes noires ou brunes, parfois fourrées. Les femmes portaient toutes des robes à dentelles ou des jupes, jamais de pantalon, contrairement aux hommes, et par-dessus leurs chemisiers, des manteaux de laine ou de fourrure, parfois des châles, mais pas de capuches. Certains hommes étaient presque exclusivement vêtus de cuir et de fourrure, alors que d'autres portaient la chemise. Une bonne moitié des villageois avaient également le dos couvert par des capes épaisses dans les mêmes tons que ce qu'ils avaient aux pieds. Certaines personnes avaient également les mains gantées, généralement de cuir, parfois de laine. Seuls les enfants et les femmes portaient des moufles et nul ne semblait avoir de mitaines. En dehors du noir et du blanc les couleurs de terre étaient les plus répandues.

  L'apparence physique des habitants du cru, quant à elle, était assez diversifiée. Si la peau de la plupart des villageois était assez claire, certains avaient le teint très mat et d'autres encore, un visage assez sanguin, peut être marqué par le froid. Toutes les femmes avaient les cheveux longs, attachés chez certaines, tandis que d'autres les laissaient tomber librement. Certains hommes portaient la barbe, ou la moustache, d'autres étaient rasés de frais. Ils avaient parfois les cheveux coupés assez court, ou pouvaient les avoir longs et les laisser tomber sur leurs épaules comme les porter en catogan. Là aussi, les choses différaient d'une personne à une autre. Du blond clair au noir de jais, toutes les nuances capillaires semblaient exister. Les villageois les plus lointains vaquaient à leurs occupations, alors que ceux qui se trouvaient à proximité s'étaient interrompus pour fixer d'un air hagard, craintif et quelque peu ahuri l'attelage qui se dirigeait vers la modeste église locale.

A mesure que le traîneau approchait du bâtiment, Ivan aperçut les tombes de pierre constituant le cimetière local et nota qu'aucune ne semblait surmontée de la croix chrétienne, ainsi que de ce qui semblait être un petit mausolée, deux fois plus haut que large et dont l'entrée était scellée par une grille de métal figurant de délicats motifs végétaux de branches et de feuilles entrelacées. Lors de sa première visite, il ne s'était pas attardé pour contempler ces monuments funéraires, qui étaient d'ailleurs tous situés derrière ou sur le côté de la chapelle. Pour la première fois, il se demanda en quoi consistaient les croyances religieuses des villageois et de quelle manière ils appréhendaient la mort. Cette dernière ne tarda d'ailleurs pas à lui envoyer son émissaire.

Vêtu d'un long manteau noir et armé d'une pelle rouillée qui aurait tout aussi bien pu être une faux, l'homme vint à la rencontre des trois arrivants dès qu'il les vit. Son visage était partiellement masqué par la capuche rabattue sur sa tête, qui laissait malgré tout entrevoir un teint moins livide qu'Ivan l'aurait soupçonné ainsi que de petits yeux ronds et malveillants. Comme par défiance, il s'adressa au groupe avant même d'avoir été interpellé.

« -Vous l'avez finalement retrouvé ? C'est le premier disparu de la saison à nous revenir. Et voilà aussi le fameux étranger qui est venu nous endeuiller malgré lui ? Il vous a déjà donné son nom ? »

Les paroles détachées et pourtant narquoises du fossoyeur firent frissonner Ivan. Une fois de plus, on semblait en savoir plus que lui-même à son sujet. Il ne pût s'empêcher de répondre :

« -Comment pouvez vous savoir qui je suis alors que je ne me suis même pas présenté. Qui plus est, qu'est-ce qui vous fait dire que nous transportons le cadavre d'un « disparu » ?

-On m'a dit que vous viendriez peut-être. Et tout le monde sait ce qui se passe lorsque ces cauchemars frappent la ville. Enfin, on ne transporte généralement pas les corps de cette manière. Mais vous n'avez rien à craindre. Je ne dirai rien aux autres. Ce ne serait pas dans mon intérêt… »

Cette dernière phrase provoqua la fureur du milicien qui s'en était pris à Ivan quelques instants auparavant et était encore sous le choc de sa macabre découverte.

« -Ce que vous dites est répugnant, tout comme vous l'êtes ! Sous ce linceul se trouve un membre de ma famille ! Je vous souhaite d'être le prochain à être frappé par le mal ! J'irai alors cracher sur votre cadavre, si nous le retrouvons !

-Et qui creusera ma tombe ? Sans moi, personne ne peut passer de l'autre côté. Je ne risque rien, parce que la mort a besoin de mes services !

-Nous nous passerons très bien de votre « savoir-faire». Le dernier des imbéciles saura se charger de votre travail aussi bien que vous !

-Laisse tomber, tu ne tireras rien de ce croque-mort. Nous n'avons plus qu'à retourner à nos postes et à faire notre rapport. Qu'il aille plutôt chercher le prêtre pour soigner la blessure de l'étranger. » Doucement, ils déposèrent le corps devant la porte de la chapelle et laissèrent Ivan seul avec l'homme en noir. Ce dernier ôta le drap mortuaire du visage du cadavre gelé, le dévisagea brièvement et se tourna vers son visiteur.

« -Les disparitions annoncent toujours l'arrivée d'un étranger. Les gens comme vous se font inévitablement chasser du village au bout de quelques jours. Et eux, on

ne les retrouve jamais…
-Épargnez votre salive. Le bourgmestre m'a déjà tout expliqué. Il m'a également dit de me rendre ici afin d'y rencontrer le prêtre et toucher une récompense pour le corps que nous vous avons apporté.
-Vous croyez vraiment que j'ai cet argent sur moi ? C'est sûrement le bourgmestre qui vous le donnera. Comme vous venez de l'entendre, ses hommes ne vont pas tarder à lui annoncer la nouvelle. Quand au révérend, vous le trouverez dans la chapelle. Son sermon est terminé et il devrait pouvoir s'occuper de vous. C'est tout ce que j'ai à vous dire… »

Ivan l'observa tirer le défunt par les poignets jusque derrière la chapelle où devait l'attendre sa tombe, puis lorsque le macabre duo disparut, il se tourna vers la porte dont il saisit la poignée de métal, qui était aussi glacée que l'air ambiant.

A l'intérieur, le prêtre, en pleine prière, faisait face la grande croix de métal qui ornait le mur du fond, tournant le dos à son lutrin comme à la nef. Il avait forcément entendu son visiteur entrer et pourtant, restait concentré, les mains jointes et la tête inclinée. Bien que n'étant pas particulièrement religieux, Ivan avait un certain sens du sacré et décida donc de ne pas interrompre l'homme dont on lui avait assuré qu'il serait, mieux que quiconque dans la communauté, capable de lui apporter les soins requis. Il n'eut d'ailleurs pas à attendre longtemps avant que le prêtre se signe, puis vienne à sa rencontre.

« -Mon pauvre enfant. Vous devez être complètement perdu. Si seulement ces horreurs pouvaient cesser…

-Vous ne pensez pas si bien dire… Le bourgmestre lui-même ne semble comprendre que partiellement la menace qui plane sur nous tous. Dites-moi… Seriez-vous au courant de choses échappant aux autres villageois ?
-Venez avec moi. Je dois m'occuper de votre blessure. Je crains de ne rien savoir de plus que ce que l'on a déjà pu vous apprendre. Comme vous vous en doutez certainement, mon rôle consiste à apporter aux habitants de ce village le soutien spirituel dont-ils ont besoin. Occasionnellement, je m'occupe aussi des blessés et des malades. De mémoire d'homme, aucune épidémie ne s'est abattue sur Northbury, mais le climat est rude et si l'on n'y prenait garde, la fièvre pourrait facilement emporter les moins robustes des nôtres.
Les accidents de chasse ne sont toutefois pas rares et c'est bien souvent à moi de faire en sorte de limiter les dégâts. Nous n'avons pas la chance d'avoir un chirurgien parmi nous, mais, sans me vanter, je m'estime assez satisfait de la qualité de mon travail. »

    Ivan suivit donc le religieux jusqu'à la pièce dans laquelle il avait passé sa première nuit à Northbury. Le matelas de paille tressée qui lui avait servi de lit était encore là. Non loin, sur un bureau à tiroirs, entre deux piles de livres, était posée une sacoche de cuir. Le prêtre ne tarda pas à en tirer un rouleau de gaze, un petit pot de terre cuite, ainsi que deux flacons contenant un liquide incolore.

    « -Nous allons commencer par examiner la plaie. Pouvez-vous défaire votre pansement et me la montrer ?
-Bien sûr. Je crois que vous allez pouvoir me faire

montre de vos talents de couturier, révérend… »
Sans surprise, le pansement était sale. Ivan n'était pas franchement douillet, mais espérait en son for intérieur se faire administre un anesthésiant. Le prêtre jeta un rapide coup d'œil à la blessure, qu'il nettoya ensuite avec de l'alcool, exactement comme l'avait fait la bonne du bourgmestre. Il y appliqua ensuite une pommade grasse à l'odeur âcre puis, lorsqu'il s'apprêta à refaire le pansement, avant d'être interrompu par la protestation d'Ivan :
« -Attendez ! Il faut suturer cette plaie ! On m'a dit que vous alliez vous en charger ! Si vous ne le faites pas, cette blessure ne cicatrisera jamais !
-Croyez-moi, vous serez sur pied plus tôt que vous ne le pensez. J'ai vu des entailles bien plus profondes et la guérison n'a pourtant pas posé de problème. Votre os n'est même pas atteint… »
Après avoir solidement pansé la cuisse d'Ivan, il lui tendit le flacon qu'il n'avait pas encore ouvert.
« Buvez ceci et ne défaites pas votre bandage avant demain. Cela devrait suffire. »
Sceptique, Ivan s'exécuta. Le breuvage avait une odeur rappelant celle de la menthe et un goût anisé, avec une touche d'amertume. De deux choses ou l'une : Soit le vieil homme avait de remarquables talents d'herboriste, soit pour une raison ou une autre, on essayait de se jouer de lui.
Par curiosité et aussi d'une certaine manière, pour éprouver la santé mentale du prêtre, il le sollicita de la manière suivante :
« -Révérend, je vous remercie de m'avoir soigné.

Pourriez-vous me dire à quel courant du christianisme se réfère votre communauté ?
-Veuillez me pardonner, mais je ne comprend pas le sens de votre question… Que voulez-vous dire ?
-Êtes-vous luthérien ? Calviniste ? Anglican ? Quel dogme suivez-vous ?
-Notre communauté est sous la protection de l'Archange, qui nous guide depuis le monde des esprits, éloigne les démons de la nuit et apporte le salut aux âmes égarées.
-Mais vous suivez les enseignements de Jésus Christ, n'est-ce pas ?
-Je ne connais pas la personne dont vous parlez… S'agit-il donc d'un esprit ou d'un religieux de votre contrée ? »

Ivan était stupéfait. Cette chapelle n'était-elle donc ni plus ni moins qu'un édifice païen ?

« Et que représente donc à vos yeux la croix de fer qui domine l'abside de ce temple ?
-Elle est le symbole même de l'Univers, de la Création et du Créateur confondus : La barre horizontale représente le monde matériel, soumis à l'écoulement du temps. La partie inférieure est le symbole des Limbes dans lesquelles errent les âmes des pêcheurs et des égarés, tourmentées par les mauvais esprits qui tentent de leur interdire l'accès aux prairies éternelles du Paradis, représentées par la partie supérieure.
-Votre explication est intéressante, bien que très éloignée de ce que l'on m'a enseigné dans mon enfance… Là d'où je viens, la croix est un symbole de résurrection, d'amour divin, de rédemption et de sacrifice. Les croyants doivent accomplir la volonté de Dieu pour se

rapprocher de lui, gagner le salut et échapper aux tourments de l'Enfer.
-Je vois… Si vous allez dans le cimetière, derrière la chapelle, vous verrez des tombes ouvertes et vides. Elles sont destinées aux disparus, dont les âmes grossissent les rangs des damnés si elles errent trop longtemps sans sépulture. Nous sommes tous habités par l'Esprit Saint du Créateur et ne sommes donc jamais anéantis après notre mort. Chaque être vivant désire ardemment échapper à l'étreinte des esprits du mal, mais seuls les plus chanceux et les plus déterminés d'entre nous y parviennent sans encombre. Nous sommes tous destinés à gagner le Paradis, mais les supplices des Limbes sont trop souvent une étape douloureuse et inévitable. Nous connaissons tous le chemin à suivre, mais les tentations sont nombreuses et certains succombent à la peur ou au désespoir…
-Et de quelle manière prend-on conscience que l'on se détourne de la voie du Paradis ?
-Chaque fois que nous pêchons, nous nous éloignons du chemin. Pêcher consiste à se laisser submerger par le mal. On peut avec certitude considérer comme « mauvais » tout ce qui cause de la souffrance, qu'elle soit de nature physique ou morale. Néanmoins, en fonction des circonstances, accepter un moindre mal peut être une nécessité. Le chasseur sait qu'il doit tuer s'il veut nourrir les siens…
-Ceci semble s'appliquer à mon cas, car mon sacrifice est le seul moyen de garantir la survie de la communauté, n'est-ce pas ? Je vous remercie pour vos explications, qui m'ont aidé à mieux comprendre les

vôtres et pour tout vous dire, j'aurai aimé converser davantage avec vous.
-De rien, c'était un plaisir. Je déplore sincèrement la situation dans laquelle vous vous trouvez. Vous devriez aller voir le bourgmestre sans tarder afin de toucher la prime pour le corps du malheureux que vous avez ramené. Vous pourrez vous en servir pour acheter le matériel dont vous aurez besoin pour faire face au froid et à l'obscurité de la forêt. Je vous souhaite bonne chance et prierai pour votre sécurité. Au revoir… » Il tendit sa main à Ivan qui la saisit sans arrière pensée. Elle était chaude et vigoureuse. Suite à cette rencontre, il se sentit un peu moins seul.

Il choisit de retourner à la maison du bourgmestre en contournant la rue principale. Certains l'avaient déjà aperçu et même dévisagé et il lui parut plus sage de continuer à faire profil bas pour le moment. Il n'avait aucune envie d'être pris à partie, car blessé, il n'était pas en mesure de se battre, ni même de prendre la fuite. Dans tous les cas, il risquait d'être pris au piège. En rentrant à la maison communale par la porte de derrière, il savait qu'il était peu probable qu'il soit remarqué. Le fait d'avoir une chance de garder le secret du lieu dans lequel il allait séjourner lui tenait à cœur. Conformément à se qu'il avait souhaité, le chemin était désert et même les miliciens rencontrés quelques heures auparavant semblaient avoir déserté les lieux. Devant la porte, seul un chien était présent. L'animal s'empressa de saluer son visiteur en aboyant à plusieurs reprises, les pattes avant dressées et la tête tournée vers le ciel dès qu'il fut assez proche du seuil.

A l'intérieur, la table était mise et à côté de l'une des deux assiettes, avait été déposée une bourse. Le bourgmestre, assis à son bureau, non loin, était en train de rédiger quelque document. Lorsqu'il eut terminé, il remit sa plume dans son encrier et fit signe à Ivan de prendre place.

« -Alors ? Vos recherches semblent s'être passées au mieux ? Et votre entrevue avec le prêtre ? Vous avez été très rapide et nous allons pouvoir nous mettre à table. La cuisine de Susanna est succulente… J'espère que vous la trouverez à votre goût !
-Je n'en doute pas, monsieur. Une fois encore, permettez-moi de vous remercier pour votre hospitalité.
-Servez vous ! Aussi longtemps que vous resterez parmi nous, cette demeure sera la vôtre. »

Au milieu de la table, à côté de deux pots de verre, d'une grande assiette contenant plusieurs tranches de fromage fines et larges et d'une grande théière de métal, joliment décorée de plusieurs gravures représentant des scènes champêtres, avait été déposée une corbeille en osier remplie de petits pains. Ivan en saisit un : il était moelleux et encore chaud. A l'aide de son couteau de table, il le trancha en deux, puis regarda les deux bocaux. Il s'apprêta à interroger le bourgmestre, mais ce dernier se révéla plus rapide :

« -C'est du miel et du sirop d'érable. Si vous le souhaitez, je peux demander à Susanna de vous apporter du beurre, également.
-Ce ne sera pas nécessaire, je vous remercie… »

N'ayant pas mangé ni le matin, ni la veille, il était

affamé et goûta à tous les aliments présents. Il connaissait, bien entendue, la saveur du miel, mais n'avait encore jamais consommé le fameux sirop, beaucoup plus liquide et foncé, dont le goût se révéla bien moins exotique qu'il l'aurait imaginé. Il but également à trois reprises de la tisane chaude et ne prêta même pas attention au petit sac de cuir contenant sa prime…

« -Si vous souhaitez boire autre chose, je peux vous proposer de l'alcool, également. Nous avons du whisky, de la vodka et du brandy.
-C'est très aimable à vous, mais je ne supporte pas le whisky… Je prendrai peut être un verre de brandy pour clore le repas, mais ce sera tout…
-Fort bien… Dans la bourse à côté de votre assiette, vous trouverez cinquante thalers. Dépensez-les judicieusement. Cet argent constitue une petite fortune… Ne vous préoccupez pas de la nourriture. Nous vous fournirons les rations dont vous aurez besoin pour vous aventurer dans la forêt. Concentrez vous sur les vêtements, qui devront être aussi chauds et solides que possible et essayez aussi de vous procurer une arme. Vous pourrez trouver ce dont vous avez besoin dans les halles, au milieu du bourg, là où s'équipent les chasseurs, où à la forge, que vous trouverez sans aucune difficulté en quittant le bâtiment par la porte principale, puis en continuant tout droit après avoir traversé la rue. On y fabrique et répare surtout des outils destinés aux fermiers et aux bûcherons, mais aussi des arcs et des armes à feu…
-Comment une si petite communauté peut-elle être en

mesure de fabriquer de telles armes ou encore de frapper sa monnaie ?
-Je ne vous cache pas qu'une arme à feu constitue un outil de luxe, à Northbury. Vous devrez sans doute vous contenter d'un modeste arc de chasse... Quant à la monnaie, il s'agit de celle que les premiers colons à s'être établis ici ont apportée avec eux il y a des décennies de cela. L'essentiel des échanges se fait sous la forme de troc, mais soyez sans crainte, personne ne crachera sur votre argent.
-Mais, je n'ai jamais eu l'occasion de tirer à l'arc ! Quelle en serait l'utilité ?
-Une fois que vous aurez terminé vos achats, vous pourrez passer le temps qui vous restera à vous entraîner derrière le bâtiment. Peut-être les miliciens seront-ils disposés à vous donner quelques conseils... Contre un homme ou un loup, un couteau peut peut-être suffire à quelqu'un comme vous, mais pensez-vous sincèrement faire le poids seul face à un ours ou à un élan ? »

La bonne surgit soudain de la cuisine, tenant dans ses mains une grande soupière dotée d'un couvercle ainsi que deux écuelles assorties qu'elle déposa dans les assiettes d'Ivan et du bourgmestre. Ce dernier la complimenta tout en lui adressant un sourire aimable :

« -Quelle odeur alléchante ! Que nous avez-vous préparé aujourd'hui ?
-Du ragoût de chevreuil aux airelles, monsieur. Je vous apporterai ensuite une salade de poireaux au vinaigre et une tarte aux pommes. »
-Merci à vous ! Je suis certain que notre invité sera enchanté ! »

Elle se contenta de rendre son sourire au bourgmestre et sans même adresser un regard à Ivan, retourna à ses fourneaux.

5 : Le chasseur

Conformément à ce qu'avait affirmé Émile Charretier, le repas, dans sa simplicité, était succulent et ayant vu se succéder tous les plats du menu, alors qu'il savourait son brandy, Ivan réfléchissait toujours aux préparatifs de son départ prochain, même si, réchauffé et rassasié comme il l'était, il en avait presque oublié la raison.

« -Vous m'avez parlé ce matin d'une bourgade située à l'est de Northbury. Ne s'agit-il pas de la destination la plus logique pour les bannis tels que moi ?
-C'est-ce que semblaient penser les deux hommes qui vous ont précédé et je persiste à y croire, moi aussi. Je vous conseille de réaliser vos achats sans trop attendre. En cette saison, la nuit tombe vite et les villageois ne tardent pas à rentrer chez eux. Ah, j'oubliais ! S'il vous reste un peu d'argent une fois équipé, n'hésitez pas à retourner à la chapelle. Le révérend sera certainement disposé à vous vendre des herbes médicinales à un prix modique.
-Parfait, je sais ce qu'il me reste à faire. Je vous remercie pour les précieux conseils que vous m'avez prodigués et vais de ce pas partir en quête du nécessaire. S'il vous plait, remerciez pour moi votre domestique. J'ai rarement fait un aussi bon repas. »

Sur ce, il quitta la maison communale et se rendit tout droit aux halles. Sans surprise il découvrit une construction aux dimensions modestes et à laquelle pendaient plusieurs enseignes de bois s'agitant doucement au gré du vent. Pendant la belle saison, à en juger par les étals jouxtant la façade du bâtiment, il semblait possible d'y commercer depuis l'extérieur, mais en cet instant, tous étaient clos, à l'exception .de celui d'une petite échoppe au toit de planches qui semblait par ailleurs être la seule à faire concurrence à l'édifice principal. L'animation qui régnait sur la place était surprenante compte tenue de l'étendue réduite de la bourgade et dans la foule, personne ne sembla prêter attention à la présence d'Ivan. Au milieu du brouhaha, le son métallique du martèlement des forgerons parvenait à ses oreilles. Il semblait provenir d'une bâtisse voisine, de taille comparable à celle des halles, mais dotée d'une cheminée double de laquelle s'échappait une fumée noire épaisse. En outre, l'emplacement semblait correspondre en tout point à ce que lui avait indiqué le bourgmestre.

Acheter une arme pouvait sembler tentant, mais le plus implacable des ennemis, le froid, s'était manifesté immédiatement après son arrivée dans la région et aucune prouesse martiale n'en viendrait à bout. Conscient de cette menace, Ivan décida de ne se rendre à la forge qu'après s'être procuré un manteau épais et plus long que le sien, semblable à ceux que portaient certains villageois. Il continua donc sur sa lancée et entra dans les halles par la porte principale.

L'animation qui régnait à l'intérieur du bâtiment était tout à fait comparable à celle du dehors. Les acheteurs potentiels allaient et venaient, interpellés par des marchands criards, ou se contentaient de palabrer. Le long des murs étaient alignés des contenants de forme et tailles diverses : armoires, caisses de bois, tonneaux, ainsi que plusieurs tables sur lesquelles étaient exposés toutes sortes de marchandises allant du sac de grains au piège à ours… Sur la droite, au fond de la grande salle était aménagée une petite pièce dans laquelle était attablé un homme gras vêtu à la manière du bourgmestre et du révérend. Armé d'une plume, il griffonnait quelque message sur une feuille de papier. Malgré son expression hautaine, Ivan décida de s'adresser à ce personnage en premier.

« -Monsieur, pardonnez-moi de vous importuner, pourriez-vous me montrer vos marchandises ?
-Allez donc cuver votre vin ailleurs ! Tout le monde ne peut pas se permettre de perdre ses journées comme vous le faites ! J'ai des registres à tenir, des taxes à prélever ! D'ailleurs, ni votre accoutrement, ni votre visage ne me sont familiers et ce sont toujours les mêmes têtes qui défilent quotidiennement, ici… Ah, j'y suis ! Vous êtes un étranger ! »

Avait-il prononcé ces dernières paroles de vive voix sous le coup de la surprise, de l'énervement ou simplement dans l'intention de lui nuire ? Quelle qu'en ait été la cause, les effets ne tardèrent pas à se faire sentir et tous les regards se tournèrent vers l'infortuné visiteur. Ce maudit bureaucrate, qu'il avait eu le malheur de prendre pour un commerçant, venait de révéler à tous sa présence au sein de la communauté. La confusion la plus totale s'empara de lui. Son cœur battait si fort qu'il avait l'impression que ses tempes allaient exploser et après un bref instant , cette douleur fut éclipsée par celle de sa blessure qui le lança à nouveau. Il était désormais connu et sa course contre la montre venait de commencer…

Il n'en fallut pas plus pour que la moitié des personnes présentes se rue hors du bâtiment, comme auraient pu le faire des gens cherchant à fuir un lépreux ou un pestiféré…
Ceux qui étaient restés, parmi lesquels on pouvait compter la quasi-totalité des marchands, le fixaient avec horreur, figés sur place comme autant de statues de cire…
Un homme de grande taille aux cheveux longs auburn et relativement hirsute émergea cependant de la masse. Il était armé d'un fusil à pierre au canon particulièrement long et sous son manteau long brun clair, portait une chemise de mailles sanglée de cuir. Il prit l'initiative de rompre le silence.

« Alors comme ça, notre invité vient à moi de son propre chef ? Parfait, voilà un souci de moins… Je m'appelle Jeff Wellington. C'est une aubaine de vous voir ici ! Si ça vous intéresse, je peux vous servir de guide et de garde du corps aussi longtemps que vous voudrez. Votre bourse à l'air assez remplie pour me combler…»
L'un des badauds ne tarda pas à faire montre de son hostilité :
« -Wellington ! Pourquoi vous prostituer de la sorte ? Si vous avez à ce point besoin d'argent, nous nous arrangerons pour vous donner le double de ce que cet homme sera en mesure de vous offrir à condition que vous l'abattiez sur place !
-C'est dommage pour vous, mais je ne crois pas, l'ami…
J'ai au moins trois bonnes raisons de vous dire non : Premièrement, je ne suis pas un meurtrier. Ensuite, ça

m'étonnerait beaucoup que vous ayez les moyens de me payer convenablement, même avec toutes vos économies. Enfin, vous vous souvenez peut-être de ce qui s'est passé lorsque vos semblables ont lynché notre précédent visiteur ? J'ai une autre proposition pour vous : Je vais accompagner ce cher monsieur hors de notre village dès que nous aurons sous la main le matériel nécessaire. Pour me dédommager, je vous demanderai de bien vouloir me céder vos marchandises pour les deux tiers du tarif habituel. Qu'en dites-vous ?
-Vous n'êtes pas un meurtrier, mais un voleur ! Le diable vous emporte, vous et votre « employeur »!
-Je ne comprends pas… Vous m'insultez, moi qui vous propose juste de résoudre tous ces problèmes ? Ça n'est pas très logique… Et vous, étranger vous en pensez quoi ? Et d'abord, c'est quoi, votre nom ?
-Je m'appelle Ivan Carville et j'accepte votre offre avec plaisir. Ma bourse contient la somme de cinquante thalers. Combien vos services me coûteront-ils ?
-Il m'en faudrait vingt-cinq. En échange, je serai à votre service pour une semaine entière. Je vous demanderai aussi de bien vouloir me donner la moitié de tout ce que nous trouverons lorsque je vous accompagnerai. A votre place, je sais ce que je ferais…
-C'est entendu. Mais avec le peu d'argent qui me reste, je crains de ne pas être en mesure de me procurer le matériel dont j'aurai besoin pour survivre dans cette région…
-Nous mettrons bientôt la main dessus. La nature sait se montrer généreuse… »

  Il joignit pour ainsi dire le geste à la parole en pointant

l'index en direction des fourrures suspendues derrière le marchand qui venait de le maudire.

L'intervention de ce « Wellington », bien que salutaire, avait en vérité apporté à Ivan presque autant de confusion que de soulagement. Lui qui avait l'intention de se procurer une arme fiable se retrouvait désormais à court de moyens financiers. Toutefois, si cet homme pouvait s'avérer aussi efficace qu'il le laissait entendre, peut-être gagnait il réellement au change. Après tout, l'expertise d'un tireur professionnel n' était-elle pas préférable à la seule acquisition d'un fusil ? Et il lui restait toujours cette sinistre dague…

Désormais conscient de l'inexactitude des affirmations du bourgmestre, entouré de meurtriers potentiels, il balaya la salle du regard, en prenant grand soin de ne pas laisser échapper de détail important et de ne pas montrer le moindre signe de faiblesse. Si la plupart des marchands encore présents ne proposaient que des denrées alimentaires, trois attirèrent néanmoins son attention.

La première personne à laquelle il s'adressa était une femme rousse aux cheveux raides mi-longs, svelte, visiblement assez jeune et vêtue d'une robe beige sans manches, qui se tenait devant une armoire dont l'un des battants, ouvert, laissait entrevoir plusieurs grosses boîtes de forme cubique, ainsi que deux pierres taillées semi-pyramidales, identiques et décorées de motifs étranges. Lorsqu'il se dirigea vers elle, elle commença par détourner le regard, mais se ravisa finalement et s'adressa à lui la première, d'un ton monocorde :

« -C'est une bonne chose que vous ayez choisi de vous adresser à moi en premier. Vous savez, ma mère m'a transmis ses dons occultes et je peux vous proposer des talismans pour vous protéger du mal qui nous entoure. Pour cinq thalers je vous ferai don de l'étoile du voyageur et vous ne vous égarerez pas lorsque vous vous éloignerez du village… J'ai aussi là des pierres de chance qui vous apporteront la richesse et la réussite dans ce que vous entreprendrez…
-Je vois… C'est intéressant, mais nous en reparlerons peut-être plus tard. Ma priorité est de mettre la main sur des vêtements chauds. »

Peu superstitieux et déterminé à faire primer l'utile sur l'accessoire, Ivan n'avait pas le cœur à faire l'aumône à cette charlatane pour se parer de colifichets qui ne pourraient certainement le préserver ni de la faim, ni du froid et encore moins des bêtes sauvages. Il tourna donc les talons.

Le second marchand, un homme chauve, portait une chemise lacée, des bottes de cuir brunes ainsi qu'un manteau long de velours clair qui contrastait avec la couleur de sa barbe. Une rapière de conception assez simple pendait à sa ceinture. De la grande étagère jouxtant son étal, dans laquelle étaient entassés divers objets tels que des pièges à ours, des statuettes de bois sculpté, de la corde, des torches et chandelles, ainsi que quelques armes, il sortit une sacoche de poudre et des balles et les tendit à Wellington, qui sembla se satisfaire de ce seul achat. Malgré les deux arcs courts et la paire de raquettes qu'Ivan avait distingué parmi les articles en vente dans ce magasin, rien de ce qui y était proposé ne représentait à ses yeux une priorité et il se tourna donc finalement vers la troisième échoppe, celle du fourreur.

L'homme, d'aspect massif, mais au visage marqué, portait une moustache taillée exactement de la même manière que celle du bourgmestre et sans surprise, des vêtements en peau de bêtes. Les deux nuances de gris de son manteau à poil long laissaient par ailleurs supposer qu'il s'agissait d'une pièce confectionnée à partir de la toison d'animaux appartenant à deux espèces distinctes. Ivan regarda le marchand droit dans les yeux et s'enquit de ce que ce dernier avait à vendre, en parlant aussi calmement et distinctement que la situation le lui permettait.

« -Comme vous pouvez le voir, mon costume ne sied pas à cette région neigeuse. Qu'avez-vous à proposer qui pourrait remédier à cette fâcheuse situation ?
-J'ai là quelques manteaux qui pourraient vous convenir. Je pourrais également vous vendre des bottes, un couvre chef, des gants ou encore une écharpe, mais il m'a semblé comprendre que vous manquiez d'argent. A votre place, je miserais donc sur un manteau. Donnez moi l'argent qui vous reste et je vous en céderai un à votre taille, chaud, confortable et solide. Celui-ci par exemple : C'est de l'ours noir… Essayez-le et dites-moi ce que vous en pensez… »
Effectivement, bien qu'assez lourd, le vêtement semblait offrir une excellente protection contre le froid. Le fait de se séparer de ses dernières économies ne réjouissait pas Ivan, mais avec cet achat, il avait le sentiment de dépenser son argent au mieux. Il déposa donc sa bourse devant le fourreur et repartit avec le manteau. Wellington

l'attendait devant la porte principale.

« -Je vous remercie de m'accorder votre confiance. C'est un plaisir de pouvoir vous apporter mon aide. Je pense que nous avons fait tout ce que nous devions pour aujourd'hui. La nuit va tomber d'ici quelques heures et je vous propose de nous séparer pour le moment. Je vous retrouverai demain matin ici même pour aller chasser en votre compagnie à l'est du village. Si nous sommes chanceux, nous aurons ainsi l'occasion de nous enrichir un peu et vous pourrez compléter votre équipement.
-C'est entendu. Je viendrai donc vous trouver en ce lieu peu après le lever du soleil. Au revoir et à demain. »

6 : Démons nocturnes

N'ayant plus un sou en poche, Ivan renonça à l'idée de se rendre à la forge et retourna donc chez le bourgmestre, alors que son acolyte empruntait le chemin opposé. Hors de la place du marché, les rues étaient presque désertes ce qui apporta à Ivan un semblant de soulagement alors qu'il approchait de la demeure de son hôte.

A l'intérieur, Charretier, attablé à son bureau, une paire de lunettes sur le nez, consultait quelque rapport qu'il posa sur la couverture de cuir brun d'un gros registre pour se consacrer à son « invité ».

« -Alors ? Vous en avez terminé avec vos achats ? Vous avez là un manteau qui m' a l'air aussi élégant que robuste. Assorti au reste de votre costume, qui plus est. Nos artisans font du beau travail, n'est-ce pas ?
-Je crois qu'il me protégera bien des intempéries. J'ai suivi votre conseil en faisant de cet achat une priorité.
-Vous m'en voyez ravi. Vous êtes-vous également procuré une arme ? Je ne vois pas d'arc… Auriez vous donc mis la main sur un pistolet ?
-J'ai dépensé tout l'argent que vous m'aviez versé et n'ai malheureusement pas eu la possibilité de m'armer. Néanmoins, j'ai rencontré un homme de main qui m'a semblé des plus compétents et l'ai payé en échange de son aide pour la semaine à venir. Un certain Jeff Wellington. Peut-être savez-vous de qui il s'agit ?
-Jeff Wellington ? Je crains que vous ayez été abusé ! J'ai reçu au moins trois plaintes à l'encontre de cet

homme au cours des semaines passées ! Il semble avoir vendu son âme au démon du jeu et aurait amassé des dettes considérables auprès de plusieurs habitués de la taverne… Je l'ai fait convoquer et il devra répondre de ses actes d'ici quatre jours. S'il se défile, ou si les charges pesant sur lui sont avérées, il sera mis aux arrêts ! »

Cette nouvelle fit à Ivan l'effet d'un coup de massue… L'aide inattendue que lui avait apporté ce Wellington ne constituait-elle donc qu'un abus de confiance ? Deux pensées contradictoires traversèrent son esprit. Il n'avait en effet presque rien acheté avec l'argent qu'il avait reçu pour ses services, ce qui corroborait les accusations pesant sur lui, mais son intention d'accompagner un étranger honni de tous hors du village, pour le moins étonnante, pouvait avoir été motivée par la volonté d'échapper aux autorités, quitte à y risquer sa vie…

« -C'est une assez terrible nouvelle… Il m'a donné rendez-vous demain après le lever du soleil. J'espère qu'il tiendra parole. Dans le cas contraire, je reviendrai vous voir et si vous le voulez bien, je vous demanderai de m'aider à effectuer les derniers préparatifs avant mon départ.

-Vous pouvez compter sur nous. Nous vous donnerons un sac rempli de provisions, de quoi faire du feu, ainsi qu'une copie de la carte de la région. Pendant le temps qui vous reste, je vous suggère de vous reposer. Nous dînerons à six heures. Vous avez certainement remarqué l'horloge au fond du couloir à l'étage, juste à côté de la porte de votre chambre… D'ici là, vous pouvez faire ce que vous voulez. Je vous déconseille néanmoins de trop

vous montrer en public. Peut-être seriez-vous tenté par de la lecture ? Vous trouverez dans l'étagère de votre chambre des recueils de poèmes , des traités scientifiques et des romans. Je suis persuadé que certains des ouvrages présents pourront étancher votre soif de culture ou vous apporter la détente dont vous avez certainement plus que besoin…
-C'est justement mon intention. Je ne souhaite pas vous importuner davantage et vais donc prendre congé. A tout à l'heure.
-A tout à l'heure. N'hésitez pas à revenir me voir si vous avez besoin de quoi que ce soit.
-Je n'y manquerai pas. Merci à vous. »

   Ivan monta donc les escaliers menant à l'étage et à sa chambre. Le soleil avait largement entamé sa descente vers l'ouest et l'obscurité l'emportait peu à peu sur la lumière ambiante. Assis sur son lit, il pouvait encore lire sans peine les titres des ouvrages rangés dans la modeste bibliothèque de sapin dominant la pièce. La couverture de cuir noir ornée de lettres dorées de l'un d'entre eux attira presque fatalement son regard. Il y était écrit «Histoire Sainte». Ivan, poussé par la curiosité et le doute, prit le livre et l'ouvrit. Contrairement à ses attentes, il ne s'agissait pas d'un imprimé, mais d'un manuscrit, divisé en trois chapitres intitulés «genèse», «commandements» et «de la nature des esprits», tous suivis d'un grand nombre de pages vierges. Il n'y était bien entendue nullement question de théologie chrétienne, même si les dimensions et l'épaisseur de l'ouvrage pouvaient à priori le laisser supposer. Un autre détail le frappa : La calligraphie de l'auteur -anonyme-

était la même du début à la fin, mais la structure ressemblait à celle d'une compilation. Son intérêt ayant été piqué au vif, Ivan décida de se plonger dans la lecture de cette bible locale. Malgré le confort que lui offrait sa chambre, il prit conscience du fait qu'il lui faudrait bientôt un meilleur éclairage. Profitant de la quiétude des lieux et peu désireux de quitter l'étage avant l'heure du dîner, il décida donc de s'installer dans la pièce faisant face aux escaliers. Les chandeliers étaient toujours là et il eut la chance de trouver sur l'une des tables un briquet, dont il s'empressa d'allumer la mèche, suite à quoi il put se pencher sur le contenu de sa mystérieuse découverte.

Il commença par le chapitre « genèse » et y apprit comment l'équilibre originel de l'Univers fut rompu il y a de cela plus de douze-mille ans, lorsque le Dieu créateur se scinda en deux entités connues sous les noms d'Archange et de Diable, la première donnant forme, nom et esprit à chaque chose, tandis que la seconde s'efforçait de défaire et de nier toute création.

« Ainsi apparut le temps, qui use et efface chaque souvenir, chaque émotion et conduit invariablement à la mort, puis à l'oubli. Mais les deux frères ennemis ne se satisfirent pas de cet état de choses, aussi modelèrent-ils leurs royaumes respectifs, façonnés à leur image, échappant au cours du temps et s'y entourèrent de serviteurs et d'émissaires »

Les Enfers, œuvre du Diable, étaient et sont toujours un plan chaotique, le domaine des esprits du mal, débouchant sur les Limbes dans lesquelles se retrouvent piégées les âmes égarées pour une durée dépendant de leur état d'agitation et de leur aveuglement.

L'Archange, décréta pour sa part que nul ne subirait de damnation éternelle et fit le vœu de surpasser l'harmonie des origines et d'offrir un refuge à chaque âme jusqu'au moment où l'Univers cesserait d'exister. Ainsi, par la pensée et le verbe, il sépara le Paradis et ses Prairies Infinies du monde matériel.

La seconde partie « commandements » consistait quant à elle en un ensemble de règles permettant aux fidèles d'échapper aux tourments des Limbes et à gagner sans embûche le Paradis après leur trépas. Pour ce faire, il était nécessaire de se détourner des émotions violentes pouvant altérer la conscience, telles que la haine, la colère, la peur, mais également la passion amoureuse. Par ailleurs, le fait de causer intentionnellement et de manière inutile la souffrance d'une créature, fut-elle un simple animal, était proscrit, sous peine de damnation. Lorsqu'il lut le passage correspondant à cette maxime, Ivan sourit en repensant aux villageois qui auraient aimé le voir mort quelques instants auparavant. Peut-être n'avaient-ils pas entendu les enseignements de leur prêtre, ou alors considéraient-ils que sa mort constituerait un « moindre mal » ? Comme partout ailleurs, à Northbury, la nature humaine semblait l'emporter sur la volonté des dieux…

Enfin, le troisième chapitre - de loin le plus volumineux - traitait des myriades d'êtres surnaturels servant en quelque sorte d'intermédiaires entre les hommes et les deux divinités opposées. Certaines résidaient dans les royaumes de leurs maîtres respectifs, alors que d'autres avaient été envoyées dans le monde matériel, pour y apporter l'ordre ou au contraire le chaos. C'était par exemple le cas des géants et des trolls, descendant de leurs montagnes ou surgissant de la forêt pour semer la destruction sur le monde des hommes, écrasant tout sur leur passage, ou encore de certains animaux tels que le loup, l'ours et l'élan, envoyés par l'Archange afin de leur offrir leurs bienfaits, mais que le Diable s'était empressé de doter de crocs, de sabots, de griffes et de cornes, car tout en ce bas monde n'est que le reflet de la lutte millénaire qui oppose les deux démiurges. A de nombreuses reprises, dans le même chapitre, Ivan remarqua des références frisant l'obsession à une créature redoutée appelée tour à tour « progéniture de la nuit », « ombre ravisseuse », « fléau du givre » ou parfois plus simplement « châtiment» et réputée s'en prendre annuellement aux corps et aux âmes des voyageurs dès l'arrivée de la saison froide et jusqu'aux dernières gelées.

D'une certaine manière, la cosmogonie et les principes moraux couchés sur les pages de cette prétendue « histoire sainte », même si le livre restait teinté de superstition, en particulier dans le dernier chapitre, parurent à Ivan beaucoup plus cohérents et moins arbitraires que ceux proposés par les rédacteurs de l'ouvrage chrétien éponyme. Il n'eut pas le temps d'achever sa lecture que sonna pour la seconde fois depuis son retour l'horloge du couloir. Il referma donc le manuscrit, qu'il laissa sur la table, éteignit une à une les chandelles de la pièce et redescendit les escaliers. Dans la salle à manger, la table était mise et lorsqu'il entendit son invité arriver, Charretier, toujours attablé à son

bureau, se leva et se rassit à la place qu'il avait occupée lors du déjeuner. Ivan fit de même et tous deux tournèrent la tête en direction de la cuisine, d'où s'échappait une odeur d'oignon grillé des plus alléchantes. La bonne du bourgmestre ne tarda pas à leur servir un grand plateau de galettes de pomme de terre qu'ils entamèrent avec délice, mais sans précipitation, prenant soin de savourer chaque bouchée comme si ce devait être la dernière. Ils accompagnèrent leur repas d'un vin rouge opaque et très capiteux et n'ayant échangé que des politesses, allèrent se coucher.
A l'extérieur, la nuit était tombée, muette, froide et menaçante.

Allongé dans son lit, Ivan s'efforçait de respirer lentement et profondément, mais le sommeil tardait à venir. Les événements ayant eu lieu la veille dans les halles le préoccupaient plus qu'il ne l'aurait imaginé. Il lui tardait de quitter cette maudite bourgade et était conscient qu'il aurait besoin de toutes ses forces une fois le moment venu. Peut-être était-ce précisément cette idée qui l'empêchait de fermer les yeux. Il fit donc le vide et se coucha sur le flanc, sa tête reposant sur son oreiller qu'il avait replié, comme à son habitude. Mais il l'avait oublié. Sans même qu'il puisse s'en rendre compte, les souvenirs de sa vie passée avaient déserté son esprit. La contrée l'avait adopté et à son réveil, il ne se rappellerait que d'une chose : Il était un étranger craint et haï par une populace hostile. Finalement, il reçut la bénédiction de Morphée et sa conscience s'évanouit, pendant quelques heures...

Au beau milieu de la nuit, il se réveilla en sursaut. Il avait surpris une femme aux longs cheveux penchée au dessus de son lit, l'observant depuis les ténèbres et avait senti son souffle chaud sur son visage. Le cœur battant, il se leva d'un bond et agita vainement les bras dans l'obscurité, sa poigne ne se refermant que sur du vide. La porte de la chambre était fermée, tout comme sa fenêtre. Il avait donc rêvé. Subissait-il les effets de l'alcool qu'il avait consommé pendant le dîner, ou avait-il été à ce point marqué par sa dernière lecture ? Incrédule et confus, il se rendit néanmoins dans le couloir en titubant et aperçut une lueur provenant de la lucarne, du côté opposé. Les seuls sons qui parvenaient à ses oreilles étaient ceux du balancier de l'horloge, ainsi que les ronflements de Charretier, audibles à travers la cloison de sa chambre. Dans l'obscurité des alentours, une unique maison était encore éclairée. En essayant de faire le moins de bruit possible, Ivan chaussa ses bottines, enfila son manteau et s'apprêta à sortir pour comprendre ce qui se tramait en ce lieu. Par chance, la clef de la maison communale avait été laissée dans la serrure. Il la tourna donc et la laissant où elle était, referma la porte derrière lui, puis il courut dans la rue enneigée, comme poussé par une force extérieure jusqu'à la modeste bâtisse à proximité de laquelle crépitait un des bûchers cérémoniels consacrés par le prêtre. Mais c'était bien la lumière de la maison qui l'avait attiré en ces lieux et rien d'autre. Aucun son ne provenait de l'intérieur et l'endroit semblait désert. L'entrée n'étant pas verrouillée, il put sans mal s'aventurer dans le bâtiment. On l'accuserait peut-être de vol, mais au point où il en était, il n'en avait cure. La nature des lieux, ainsi que le mobilier, comprenant une petite bibliothèque, ainsi qu'un bureau, n'étaient pas sans rappeler la maison du bourgmestre, les deux seules différences notables étant l'absence de trophées de chasse ainsi que le sol empierré de l'endroit, dont l'austérité était adoucie par la grande paillasse du petit hall d'entrée et plus encore par l'élégant tapis rouge et ocre de la pièce principale. En temps normal, ce lieu aurait certainement été des plus accueillants, mais une désagréable odeur de brûlé lui piqua les narines. Dans la cheminée, une marmite, apparemment oubliée par le propriétaire des lieux, laissait échapper une épaisse fumée noire. Fort heureusement, Ivan aperçut un baquet rempli d'eau juste à côté de l'âtre. et s'en servit immédiatement pour éteindre le feu, suite à quoi, voulant s'assurer de la vacuité de l'endroit, il se dirigea vers les escaliers menant à l'étage qu'il avait vus du côté gauche de la porte, juste après être entré dans la maison.

Alors qu'il allait gravir les marches, un cri comparable à l'aboiement d'un chien le fit sursauter. Derrière lui, une poignée d'homoncules repoussants, ressemblant à des hybrides de singe et de rat, aux membres difformes et griffus et dont la taille ne dépassait pas le mètre, s'apprêtaient à attaquer. Leurs mâchoires disproportionnées et écumantes laissaient entrevoir deux rangées de crocs aussi pointus que ceux d'un loup. Avec un second hurlement, l'un d'entre eux tenta de bondir sur Ivan qui le réceptionna avec un coup de semelle en pleine tête. Folles de rage, les autres créatures s'élancèrent vers lui et l'une d'elles parvint à s'agripper à son bras gauche. Avant qu'elle n'ait eu le temps de planter ses crocs dans sa chair, il avait réussi à s'armer de sa dague avec laquelle il trancha la gorge du monstre qui s'effondra dans un gargouillis sanglant, maculant la paillasse de l'entrée. Les autres prirent aussitôt la fuite. Il entreprit de les poursuivre, mais glissa malencontreusement sur un gobelet de bois qui était tombé au sol pendant l'affrontement. Chutant en arrière, il se cogna violemment la tête contre la cloison et perdit connaissance. Il resta dans cet état pendant plusieurs heures et quand il reprit finalement ses esprits, les rayons du soleil matinal caressaient son visage. Les créatures qu'il avait tuées semblaient s'être volatilisées. Il ne restait plus aucune trace du combat qu'il avait livré dans la nuit. Certain de ne pas avoir été victime d'une hallucination, il regarda le tapis de l'entrée : Celui-ci n'était aucunement taché du sang qui y avait pourtant coulé quelques heures auparavant. Seuls le baquet vide et l'âtre éteint témoignaient des événements de la nuit passée. A cet instant, il réalisa à quel point son esprit était vulnérable et se mit à trembler pendant quelques minutes, qui lui parurent une éternité.

7 : Coups de feu

Lorsqu'il parvint enfin à retrouver son calme, il réalisa que sa cuisse ne le faisait plus souffrir. Il retira donc ses bandages pour constater que sa blessure s'était totalement refermée, sans même laisser de cicatrice. Le révérend n'avait donc pas menti. Il aurait aimé lui demander la composition de l'étrange breuvage qu'il lui avait fait consommer, mais pour l'heure, il avait rendez-vous avec Wellington. Si ce dernier se défilait, Ivan se trouverait dans une posture des plus fâcheuses… Il commença par se rendre dans la rue principale, mais fit néanmoins un détour à mi-chemin. En effet, il était totalement incapable d'expliquer au bourgmestre les circonstances de son escapade nocturne et encore moins ce qu'il avait vu dans la maison abandonnée… Nul doute qu'on le croirait fou, peut-être à raison, d'ailleurs. Avec un peu de chance, personne ne s'était encore rendu compte de son absence et il aurait la possibilité de prétendre s'être levé peu de temps avant l'aube. Par ailleurs, ayant emporté avec lui les quelques effets personnels en sa possession, il n'aurait pas besoin de retourner à la maison communale avant d'en avoir fini avec sa tâche actuelle. Une fois arrivé à l'endroit convenu, il eut la joie et aussi la surprise de constater que son garde du corps, occupé à astiquer le canon de son arme, l'attendait comme promis. Avançant parmi les badauds, massés en une foule hostile et craintive, il se porta donc à sa rencontre.
« -Je suis ravi de vous trouver ici de si bonne heure,

l'ami. Êtes-vous prêt à me montrer de quoi vous êtes capable avec votre fusil ?
-Avec plaisir, mais vous faites une drôle de tête... C'est moi qui vous fait cet effet ?
-On ne peut rien vous cacher. On m'a dit que vous vous étiez endetté en jouant à des jeux d'argent. Compte tenu des circonstances de votre intervention d'hier, vous comprendrez certainement que j'ai pu douter de vous. Mais vous venez de me prouver que j'avais tort...
-Je vois... J'apprécie votre franchise. Ce qu'on vous a raconté est vrai. Il me faut de l'argent, beaucoup d'argent... Si nous ne faisons pas une chasse miraculeuse, je n'ai aucune chance de m'en sortir...
-Comment un homme comme vous a t-il pu se laisser prendre au piège que constitue le jeu ?
-Ma mère a toujours été bonne avec moi, alors, à mon tour, j'ai essayé de lui rendre la pareille. Mais elle est morte il y a quelques mois à peine. Elle était ma seule famille depuis le départ de mon père. J'avais tout juste dix ans lorsqu'il nous a quittés... Tué par un ours lors d'une chasse qui s'annonçait pourtant prometteuse. Lorsque ses compagnons ont rapporté son cadavre à notre cabane, j'ai compris que c'était à moi de nous faire vivre. Je me suis armé de son fusil et au fil des années, je suis devenu suffisamment habile pour nous mettre à l'abri de la faim pour de bon.
Je me souviens de ce matin... Il faisait presque aussi froid que maintenant. et c'est en me levant que j'ai compris. Son corps était glacé et dehors, le soleil brillait comme jamais. Moi, j'étais juste effondré. J'aurais pu sombrer dans l'alcool, comme tant d'autres, mais c'est le

jeu qui m'a condamné… Je vous ai proposé mes services pour une raison très simple : Soit nous réussissons à nous enrichir et je suis tiré d'affaire, soit nous filons ensemble avant qu'il ne soit trop tard. Si on me juge, mes biens seront confisqués et je serai chassé du village. Sans arme, autant dire que je suis mort, mais à deux, nous serons bien moins vulnérables…

-Je vous remercie de m'avoir informé de votre situation et partage votre peine… J'aimerais moi aussi pouvoir vous être utile. Malheureusement, ce n'est pas armé de ce simple couteau que je vais avoir l'occasion d'abattre du gibier…

-Aucune importance. Vous pourriez m'aider à transporter une carcasse jusqu'en ville… Nous en tirerions un bon prix, et pourrions acheter un meilleur matériel. D'ailleurs, nous ferions mieux de nous mettre en route sans tarder. Suivez-moi, nous allons tenter notre chance dans la forêt, au nord du village. »

Ivan se contenta d'opiner et les deux hommes se mirent en marche. Ils traversèrent la ruelle séparant les halles de la forge, puis débouchèrent dans une rue parallèle à celle menant à l'église. Ils longèrent ensuite quelques maisons dont l'une, avec sa forme arrondie et son toit conique, ressemblait à une petite tour sans étage. Quelques instants plus tard, ils avaient quitté le bourg et un paysage champêtre endormi s'offrit à eux. Tout en suivant son compagnon d'infortune, Ivan observait les alentours et se demandait en quoi pouvaient consister les cultures prisonnières sous le manteau neigeux dans lequel il progressait avec peine. Hormis quelques cabanes, la margelle d'un puits et un petit silo de bois, il remarqua deux bâtiments : Un grand grenier étagé, mais dépourvu de murs, dans lequel étaient entassées de très nombreuses bottes de foin, ainsi qu'une grange de pierre dont les dimensions rivalisaient avec celles de la maison communale. Non loin, parquées dans un enclos et privées de pâture, quelques vaches à la robe noire et blanche attendaient, silencieuses et immobiles.

Ayant abouti aux restes noircis d'un autre bûcher, sur le point d'entrer dans la forêt, ils croisèrent un homme à la barbe blonde et au teint sanguin, vêtu de fourrures épaisses. Armé d'une hache à double tranchant, il accompagnait un char à bœuf transportant une demi-douzaine de larges troncs de résineux, débités et odorants et fit mine de les ignorer, ne détournant pas la tête sur leur passage. Wellington se tourna vers Ivan et lui sourit.

« -Comme vous vous en doutez, c'est un bûcheron. Nous allons en croiser d'autres avant d'arriver là ou je veux que nous allions. N'essayez même pas de leur parler. Ces gens-là sont pires que les ours auxquels ils ressemblent...
-Forment-ils une guilde ?
-Oh, non... La scierie de Northbury se trouve sur notre route et ils y déposent tout le bois qu'ils amassent, avant de l'amener en ville. La forêt est vaste et relativement sûre dans les parages. Vous savez, une petite rivière leur permet de faire flotter les arbres abattus jusqu'au bâtiment...
-Je vois. Et où voulez-vous que nous allions ?
-Il y a une grande clairière, non loin. Elle est juste assez isolée pour nous permettre d'y chasser sans être

dérangés par les bûcherons. Certaines de mes connaissances m'ont affirmé y avoir vu un gros troupeau de daims récemment. C'est peut-être notre chance… »

Le chemin qu'ils empruntaient dans les sous-bois finit bientôt par déboucher sur un gros édifice de bois sombre autour duquel s'affairaient une dizaine d'individus, au milieu d'empilements de planches, madriers et autres bûches. Un attelage à l'arrêt, en tout point similaire à celui qu'ils avaient croisé quelques instants auparavant était également présent. Le cours d'eau dont avait parlé Wellington semblait particulièrement tumultueux, aussi était-il épargné par le gel, malgré la rigueur de la saison. A intervalles irréguliers, le courant charriait néanmoins des plaques de glace. Au nord et à l'ouest, le terrain, où se dressaient ça et là, parmi les sapins et les bouleaux, des éminences rocheuses, s'élevait en pente douce.

Même au moment où ils traversèrent le pont de rondins qui enjambait le torrent tout en prenant grand soin de ne pas glisser, Ivan et Wellington, conformément à ce que le chasseur avait annoncé, ne suscitèrent pas la moindre réaction de la part des bûcherons. Une fois sur l'autre rive, ils s'enfoncèrent dans les bois et continuèrent leur chemin jusqu'à la fameuse clairière. L'endroit était paisible et ensoleillé et le bruit de la rivière y avait fait place à celui du vent dans les arbres. Du revers de la main droite, Wellington balaya la neige recouvrant un rocher qui bordait une grande mare gelée puis s'y assit. Il se défit ensuite de son sac à dos qu'il posa devant lui et en sortit une grosse miche de pain, ainsi que deux tranches épaisses de viande séchée qu'il partagea avec Ivan.

« -Gardez l'œil ouvert et faites-moi signe si vous apercevez quelque chose, d'accord ? Deux paires d'yeux valent mieux qu'une…
-C'est compris. Au fait, merci pour les provisions…
-Elles ne m'ont pas coûté grand-chose. Et vous aurez l'occasion de me payer lorsque nous aurons vendu notre proie au village, n'est-ce pas ?
-Bien entendu… »

Ils se tinrent en cet endroit pendant plusieurs heures assommantes de monotonie sans échanger la moindre parole, scrutant les alentours et alors que le soleil décroissait dans le firmament, de grands nuages sombres arrivèrent de l'ouest. A nouveau la neige commença à tomber à gros flocons. En l'espace de quelques instants, il se mit à faire très froid et sombre…

Alors que l'endroit était devenu si hostile, le gibier se montra enfin. Un petit groupe de daims émergea des sous-bois, non loin de leur position. Lentement et en évitant de faire le moindre bruit, dissimulé dans les broussailles, Wellington épaula son fusil et visa un grand mâle qui lui présentait son flanc gauche. Il s'apprêta à appuyer sur la détente, mais Ivan lui fit manquer sa cible au dernier moment. Le coup de feu effraya les animaux qui se dispersèrent aussitôt, regagnant l'abri que leur offrait la forêt.

« Attention ! Derrière vous ! »
Le tireur se retourna et eut juste le temps d'esquiver l'attaque qui lui était destinée. Une nouvelle déflagration, plus assourdissante encore que la première, se fit entendre. Derrière lui se tenait une femme aux cheveux clairs en bataille, vêtue d'une robe blanche en

lambeaux et armée d'un pistolet au canon évasé, semblable à un tromblon. Son visage au regard vide, ainsi que ses avant bras découverts, étaient marqués de multiples engelures. Ni elle ni Wellington n'avaient le temps de recharger leur arme, aussi, lâcha t-il son fusil avant de la saisir à bras le corps. Elle était glacée, mais se débattit furieusement pendant quelques secondes, avant de rendre son dernier soupir, achevée par le froid et l'épuisement. Bien que choqué par cette funeste apparition, aussi soudaine qu'inattendue, il étendit la dépouille de l'inconnue sur le sol, avec une douceur qui surprit Ivan. Les deux hommes restèrent là, interdits, pendant un bref instant. Ils savaient pertinemment ce que signifiait ce qui venait de se passer.

« -Il faut la ramener en ville. La chasse est perdue.
-Malheureusement. Pouvez-vous aller me chercher de grosses branches solides, aussi droites que possible ? Nous allons monter un travois de fortune… »

Ivan ramassa le pistolet de l'inconnue, puis s'exécuta, alors que son compagnon sortait de son sac une cordelette de chanvre, avant de le rejoindre. Une fois le bois rassemblé, ils coupèrent la corde en plusieurs morceaux avec lesquels ils constituèrent des nœuds solides reliant les différentes branches. Ils déposèrent ensuite le corps de la démente sur le travois, l'attachèrent et purent ainsi le transporter décemment et sans trop de peine.

Lorsqu'ils repassèrent par la scierie, les quelques hommes encore présents ne les ignorèrent cette fois plus, certains les dévisageant silencieusement, alors que d'autres les interpellaient ou échangeaient des paroles inintelligibles. Peut-être allaient-ils toucher une prime pour le corps, mais sans aucun doute une chasse fructueuse, bien que moins profitable financièrement, eut-elle mieux valu…

De retour au village, ils ne croisèrent que peu de monde. Les intempéries, bien que moins violentes que pendant leur absence, avaient suffi à renvoyer ces paysans à leurs abris. Souhaitant néanmoins éviter la place du marché, ils longèrent le bourg par le nord et arrivés à la chapelle, abandonnèrent le corps et le travois au beau milieu du cimetière. Le fossoyeur, une torche à la main, ne tarda pas à se porter à leur rencontre.

« -Encore vous ? Je vais finir par me demander si vous ne le faites pas exprès… Vous pouvez vous en aller. J'informerai le révérend de ce que vous m'avez apporté aujourd'hui et vous pourrez réclamer l'argent pour l'âme que vous venez de sauver demain matin…
-N'y a-t-il aucun moyen pour moi d'obtenir la prime dès maintenant ? Malgré l'obscurité, la journée n'est pas encore terminée et comme vous le savez, le temps joue contre moi.
-Vous pouvez toujours essayer de vous arranger avec le bourgmestre, mais normalement, il vous faut un document cacheté par le révérend. »

Par chance, Charretier était justement en route vers l'église et se joignit à l'assemblée.

«-Vous êtes de retour ! Vous nous avez quittés sans mot dire. Et cet homme qui vous accompagne… Ne me dites pas qu'il s'agit de Jeff Wellington !
-Pour vous servir, monsieur…
-Je vois… Vous allez devoir vous expliquer avec moi

sous peu. J'espère que vous avez trouvé un bon moyen d'éponger vos dettes, sinon, vous savez ce qui vous attend...
-J'y travaille en ce moment même. D'ailleurs, comme vous pouvez le constater, nous vous avons ramené l'une de vos administrées...
-Je ne compte pas vous remettre cet argent. Il revient à mon invité et c'est lui seul qui déterminera la part qui vous revient.
-Cela me convient... Conformément au contrat que nous avons passé, j'ai droit à la moitié de tout ce que nous trouvons. Vous savez, nous avons été deux à trainer le corps jusqu'ici... »

N'ayant plus rien à dire, le bourgmestre tourna les talons d'un air dédaigneux et s'apprêta à entrer dans la chapelle, mais Ivan l'interrompit.

«-Monsieur Charretier, veuillez nous excuser, mon compagnon et moi. Je suis désolé d'être parti de chez vous sans vous prévenir, mais vous dormiez... Je déplore également le trépas de la personne étendue à nos côtés et suis pleinement conscient de porter la responsabilité de ce triste événement. Deux personnes sont déjà mortes par ma faute et j'aimerais que celle-ci soit la dernière. Si vous pouviez avoir l'amabilité de m'accorder la prime aussi rapidement que possible, je vous en serais infiniment reconnaissant. Avec cet argent, je devrais être en mesure de compléter mon équipement et donc de quitter Northbury dans les plus brefs délais...
-Vous n'êtes pas responsable de la mort des villageois. Attendez-moi à la maison communale, je vous y rejoindrai dans quelques instants pour vous donner votre

prime. »

Le bourgmestre franchit ensuite le seuil du bâtiment et ferma la porte derrière lui. Le fossoyeur ayant lui aussi disparu pendant la conversation, Ivan et Wellington étaient de nouveau seuls.

«C'est parfait. Vous devriez y aller. Quand vous aurez l'argent, retrouvez-moi devant les halles. Nous aurons ainsi l'occasion de nous préparer à la suite des événements. Conservez bien votre pistolet. Ce n'est pas une arme précise, mais vous n'aurez besoin que de poudre pour vous en servir. Même si vous remplissez son canon de simples pierres, à courte portée, vous pourrez réduire en bouillie ceux qui auront le malheur de s'en prendre à vous. Au revoir.»

Sur ce, Wellington prit congé et Ivan suivit les instructions du bourgmestre. Attablé à sa place habituelle, il n'eut pas à attendre très longtemps le retour de Charretier, qui déposa devant lui une bourse de cuir similaire à celle qu'il lui avait remise la veille.

« -Tenez. Je suppose que l'infortune des uns fait le bonheur des autres, si j'ose dire… Vous semblez avoir de la chance dans votre malheur. Sachez toutefois que je ne serai probablement plus en mesure de vous remettre une telle somme après ceci… Par ailleurs, je crains de devoir vous informer de mauvaises nouvelles vous concernant… La rumeur de votre présence à Northbury semble s'être répandue comme une traînée de poudre et les villageois commencent à me réclamer des comptes. Aussi, bien que n'ayant nullement l'intention de vous chasser de chez moi, je ne peux que vous conjurer de vous hâter.

-Dès que je me serai procuré le matériel nécessaire, je m'en irai et vous n'entendrez plus parler de moi. Je vous en donne ma parole. Je vais donc vous laisser et tâcher de mettre la main sur ce qui me fait encore défaut. Si vous n'y voyez pas d'inconvénient, j'aimerais également me joindre à vous une dernière fois pour le dîner.
-Vous êtes le bienvenu. Prenez garde à vous. »

Arrivé aux portes des halles, il ne trouva pas Wellington et entra donc seul dans la bâtisse. Le tireur était présent, au fond de la salle, participant à une discussion animée avec deux hommes qui auraient pu être ses frères. Lorsqu'il aperçut Ivan, il se rua à sa rencontre, visiblement heureux et enthousiaste.

« -Un groupe de chasseurs organise demain une grande expédition dans les landes, à l'ouest. En cette saison, de grands troupeaux migrent vers le sud, comme chaque année. Bien sûr, j'ai besoin de votre accord pour nous y inscrire. Nous allons pouvoir montrer qui nous sommes et nous refaire !
-Je suis persuadé que vous savez ce que vous faites. C'est entendu. Vous avez mon accord et pouvez me compter parmi les participants. Voici vos vingt-cinq thalers pour le corps que nous avons déposé à la chapelle… Quand partons nous ?
-Dans la matinée. Nous serons peut-être une dizaine. Notre point de départ sera l'unique sentier qui mène à l'ouest, aux abords du village. Vous ne pouvez pas vous tromper. Je suis impatient de leur montrer une fois de plus ce que je vaux ! »
Ivan, de tempérament plus introverti, avait du mal à comprendre l'attitude de son compagnon. Après tout, ils

avaient désormais suffisamment d'argent pour pouvoir envisager de quitter la ville pour de bon. Espérait-il éponger ses dettes de la sorte, ou y avait-il autre chose ? Auprès du marchand qui lui avait vendu son manteau la veille, il se procura une paire de hautes bottes fourrées, puis il quitta les halles pour se rendre à la forge. Wellington l'accompagna.

 A l'intérieur régnait une chaleur presque excessive. Sans doute pour prévenir les incendies, la pierre y était prépondérante. Dans le sens de la longueur et aussi sur une demi-largeur, la salle principale de la structure était traversée par un rail, permettant aux forgerons de transporter avec aisance dans deux wagonnets les grandes quantités de charbon et de minerais nécessaires à leur ouvrage. Le martèlement continu de l'acier sur les enclumes, ainsi que le crépitement de la fonderie, remplie de métal en fusion projetant des étincelles, étaient audibles dans tout la bâtiment. Ça et là étaient entassés de nombreux sacs, caisses et barriques au contenu indéterminé. S'il était possible, au dire du bourgmestre, d'effectuer des achats en ce lieu, l'image qu'il donnait était celle d'un atelier, d'un entrepôt, mais certainement pas d'un commerce… Trois artisans y étaient présents : Un homme torse nu, blond, aux cheveux attachés occupé à actionner le soufflet de la fonderie, un autre, de forte corpulence, chauve et totalement imberbe, qui remplissait l'un des wagonnets de charbon à l'aide d'une pelle et un troisième, aux cheveux courts et à l'expression aussi dure que le métal qu'il martelait énergiquement sur une grosse enclume, portant un tablier et des gants de cuir sombres.

Ivan supposa qu'il s'agissait du maître forgeron et dès qu'il en eut fini avec sa tâche, se porta à sa rencontre.

« -Bonjour à vous. Je viens ici pour me procurer des armes. Il m'en faudrait une pour combattre au corps à corps et une autre pour chasser.
-Je vois. C'est pour une commande ou un achat immédiat ?
-Je pars demain avec un groupe de chasseurs. Qu'avez-vous à me proposer ?
-Ça dépend. Combien d'argent avez-vous sur vous ?
-Vingt-cinq thalers. J'aimerais aussi me défaire de cette dague ainsi que de mon pistolet.
-Très bien. Suivez-moi... »

Il se dirigea vers le mur du fond et fit basculer le couvercle d'une grande caisse dans laquelle étaient rangées assez d'armes blanches pour équiper une milice. Il ne s'agissait pas d'outils agricoles, mais bel et bien d'instruments destinés au combat, à l'aspect aussi esthétique que redoutable. Le forgeron montra également à Ivan une barrique ouverte de laquelle dépassaient une petite arbalète, trois fusils de longueur inégale, ainsi que deux arcs de chasse sans corde.

« -Combien pour cette arbalète ?
-Je vous la cède contre votre dague et la totalité de votre argent.
-C'est entendu. Et en échange de mon pistolet, pouvez vous me donner la rapière que j'ai vue dans la caisse ? Ou peut-être la belle masse d'armes gravée ?
-Je vous propose l'épée. Ça vous convient ?
-Parfaitement. Ah, j'oubliais ! Il me faut également des munitions...

-Vous aurez dix carreaux avec votre arbalète. Si vous en voulez davantage, revenez avec de l'argent. »

Satisfait de la transaction, Ivan prit le temps de regarder ses armes en détail. Le mécanisme de son arbalète semblait simple et fiable. Il était étonné d'avoir pu mettre la main sur un tel instrument dans une forge. Apparemment capables de réaliser par eux-mêmes arcs et flèches, les artisans locaux ne se distinguaient donc pas que par leur talent à travailler le métal. L'épée, quant à elle, était dotée d'une garde argentée destinée à couvrir la majeure partie de la main de son porteur. Sa lame d'acier, longue et souple, lui permettait de frapper de taille et d'estoc. Même s'il n'avait pas eu la possibilité d'acquérir la masse, il réalisa que cette arme lui serait finalement plus utile. En effet, elle lui permettrait le cas échéant de se battre avec une grande célérité. Wellington, qui n'avait visiblement pas l'intention d'acheter quoi que ce soit, s'approcha de lui.

« -Vous me surprenez. Je pensais que vous auriez tenu à conserver votre pistolet, mais en fin de compte, j'approuve le choix que vous venez de faire. Une arbalète vous donnera trois avantages : Une portée supérieure, une bien meilleure précision et aussi l'atout que constitue le silence… Je n'ai même pas eu besoin de vous conseiller. Nul doute que votre compagnie me sera au moins aussi profitable que la mienne pourra vous l'être.
-Elle est plus encombrante, mais c'est également ce que j'ai pensé. J'espère seulement avoir assez de temps pour m'exercer au tir avant notre expédition. À demain. »

Les deux hommes se séparèrent immédiatement après

être sortis de la forge. La nuit n'allait plus tarder à tomber.

Ce soir là, les manières aimables du bourgmestre semblaient quelque peu teintées de crainte. Après tout, rien n'empêcherait son visiteur de l'assassiner juste avant son départ. Il aurait bien sûr pu le faire avec son seul couteau, mais les armes dont il était désormais pourvu étaient beaucoup plus visibles et donc, plus inquiétantes. Ne souhaitant pas créer de malaise chez cet homme qui l'avait jusqu'ici toujours bien traité, il s'empressa de les ranger sous son lit et lorsqu'arriva l'heure du dîner, l'ambiance lui sembla heureusement plus sereine.

« -J'ai une question à vous poser... Si vous le souhaitez, conformément à ce que je vous ai annoncé lorsque vous vous êtes présenté à moi pour la première fois, vous pouvez encore rester avec nous pendant deux jours. Néanmoins, vous avez visiblement réussi à réunir tout le matériel dont vous pourriez avoir besoin pour votre périple. Voulez-vous que nous préparions vos provisions pour demain ?
-Je vais effectivement m'éloigner de Northbury après le lever du soleil. Mais je ne suis pas certain d'être en mesure de me passer de votre aide après cette expédition. Je vais accompagner un groupe de chasseurs dans la lande et compte ne pas revenir les mains vides. Par ailleurs, ce sera pour moi une excellente occasion de m'entraîner au maniement des armes que j'ai achetées aujourd'hui. Bien entendu, si votre femme de chambre se sent disposée à préparer mes rations pour la journée qui s'annonce, j'accepte avec plaisir...

-Fort bien. Je l'en informerai. Je vous demanderai seulement d'attendre que nous soyons levés pour vous en aller.
-Je vous le promets. Encore une fois, veuillez me pardonner de vous avoir si grossièrement faussé compagnie ce matin.
-Ne vous en faites pas, c'est oublié. Mais il se fait tard et je ne vais pas tarder à aller me coucher. Si vous avez encore faim, prenez votre temps. Vous aurez besoin d'être au mieux de votre forme demain si vous voulez faire une bonne chasse.
-Merci pour cet aimable conseil, mais j'ai assez mangé et suis également fourbu. Par conséquent, je vais moi aussi me retirer dans ma chambre. Je vous souhaite une bonne nuit.»
Il joignit le geste à la parole et quitta la table, précédant ainsi son hôte. Une fois alité et sur le point de fermer les yeux, il entendit la clef de la chambre de Charretier tourner dans sa serrure…

8 : L'expédition

Cette nuit-là, le sommeil d'Ivan ne fut troublé par aucun rêve. Il ouvrit les yeux à l'aube et n'eut pas à patienter longtemps pour entendre le bourgmestre et sa domestique s'affairer au rez-de-chaussée. Il les rejoignit aussi vite qu'il le put et après s'être sommairement lavé et rasé à l'aide d'un coupe-chou que lui prêta Charretier, remonta dans sa chambre pour y prendre ses armes, suite à quoi il s'entraîna derrière le bâtiment à tirer sur une congère, afin de ne pas émousser les carreaux de son arbalète. Après une cinquantaine de tirs, il était parvenu à atteindre sa cible immobile environ deux fois sur trois. Cependant à la fin de l'exercice, la précision de ses tirs n'avait hélas pas augmenté de façon significative, ce qui le frustra quelque peu.

Il était encore tôt lorsqu'Ivan, après avoir reçu ses provisions et remercié la bonne, décida de se mettre en route, mais il ne voulait surtout pas manquer le départ des chasseurs. Lorsqu'il arriva à l'endroit indiqué, les membres de l'expédition semblaient encore occupés à effectuer leurs derniers préparatifs. Contrairement à ce à quoi il s'était attendu, à peine une demi-douzaine de chasseurs était présente et seuls deux d'entre eux avaient apporté des fusils, les autres étant tous armés d'arcs. Seules les armes qu'ils portaient permettaient de les distinguer des bûcherons qu'il avait vus la veille tant leurs vêtements fourrés étaient semblables. Par bonheur, deux traineaux, avec leurs attelages de chiens étaient également de la partie et à défaut de faire bénéficier l'ensemble du groupe de leur vitesse, ils allaient permettre aux chasseurs de transporter le gibier abattu et peut-être aussi d'effectuer une reconnaissance de l'endroit vers lequel ils allaient bientôt se diriger.

Bien entendu, Wellington était lui aussi déjà sur les lieux et semblait ne plus attendre que son compagnon. Lorsqu'il le vit arriver, il le salua de la main droite.

« -Nous allons être moins nombreux que je l'aurais imaginé... Trois hommes se sont défilés presque au dernier moment, sans même être capables de se justifier. Mais ils ne tromperont personne. Ces couards superstitieux ont simplement appris que vous viendriez. Ce n'est pas grave. Vous et moi, valons certainement mieux qu'eux tous réunis...
-Les autres savent-ils également qui je suis ?
-Oui. Mais ils préfèrent m'avoir avec eux même en sachant que vous nous accompagnerez. Et quand ils se rendront compte que vous êtes aussi capable qu'eux, ils comprendront que leur choix était le meilleur. Montrez-leur ce que vous valez et ils vous respecteront comme vous le méritez.
-Leur respect m'importe peu. Dans moins de deux jours, j'aurai quitté Northbury à jamais. Je ne suis venu que pour m'aguerrir et, si possible, amasser encore un peu d'argent.
-Je vois. A vrai dire, cela ne me surprend pas. Vous ne les avez jamais côtoyés et ne les reverrez sans doute plus après cette expédition. Vous semblez prêt et si vous le souhaitez, je peux en informer les autres. Mieux vaut ne pas perdre de temps. »

Quelques instants plus tard, les fouets claquèrent et

tous se mirent en marche. Les chasseurs suivirent le sentier que longeaient les derniers édifices du village et qui les mena à un bois de sapins aux branches alourdies par la neige. Ils le traversèrent rapidement et sans encombre, débouchant sur une grande étendue déserte, dont la monotonie n'était cassée que par la nature rocheuse du terrain et quelques bosquets, assez nombreux toutefois pour masquer l'horizon. A leur droite, Ivan remarqua un poste d'observation dominant deux cabanes semblables à celles bordant Northbury. Dans la direction opposée, le terrain s'élevait en pente raide sur une distance d'environ cinq cents pieds. Le ciel était couvert et le bruit du vent soufflant dans le lointain se faisait entendre, pareil à un avertissement lugubre et solennel. L'un des membres de l'expédition, un archer barbu aux cheveux coiffés en arrière qui marchait non loin d'Ivan, tourna la tête dans sa direction en lui lançant un regard chargé de méfiance, puis il se rapprocha de Wellington.

« -Vous lui avez dit pour les esprits ?
-Non, mais nous ne serons pas arrivés avant quelques heures. Et je ne pense pas qu'il ait besoin de moi pour garder le silence, personne ici n'a l'intention d'effrayer le gibier… Vous autres n'êtes pas toujours aussi discrets lorsque vous parlez de vos exploits à la taverne, n'est-ce pas ?
-Vos plaisanteries ne me font pas rire. Je n'ai pas demandé de voyager avec un étranger. Je suis sûr que nous allons le regretter.»

L'« étranger », irrité par cette attitude hostile ne détourna pas la tête et sans ouvrir la bouche, fixa l'autre homme droit dans les yeux avec tout le mépris dont il était capable. Ces gens, silencieux ou non, méritaient bel et bien que la colère des esprits s'abatte sur leurs têtes…

A mesure que le convoi progressait, la cime des montagnes se dessinait peu à peu à l'horizon. Quelques instants plus tard, elle disparaissait alors que la neige recommençait à tomber. Les chasseurs décidèrent de marquer une halte à l'abri d'un bosquet voisin pour y manger et s'y reposer un instant. Ils avaient déjà parcouru un assez long chemin et aucun d'entre eux n'étant équipé de raquettes, ils préférèrent économiser leur énergie en vue de ce qui les attendait.

Ivan défit le sac de tissu contenant ses provisions. Il en avait bien plus qu'il ne pouvait en consommer en un repas et songea un instant à les partager avec Wellington, mais ce dernier avait, comme tout un chacun, apporté ses propres vivres, qui ne différaient par ailleurs guère des siens. Après avoir avalé un morceau de viande cuite à point, une miche de pain, quelques tranches de fromage et une poignée de biscuits, il leva la tête et regarda le ciel, l'air songeur.

« -Nous devons éviter de faire du bruit inutilement avant de nous en prendre au gibier. Une fois que la chasse aura commencé, vous pourrez oublier cette coutume futile…
-Ces hommes se prêtent-ils plus à ce jeu par superstition, ou par logique ?
-Un mélange des deux, sans doute. Certains des animaux sur lesquels nous pouvons tomber par ici sont très craintifs, d'autres au contraire vous attaqueront à vue. Peu de choses peuvent arrêter un élan qui charge… »

Lorsque tous eurent fini leur repas, le convoi se remit

en route. Les chutes de neige avaient cessé, faisant place à un épais brouillard qui s'était abattu en l'espace de quelques instants, de façon abrupte, les prenant totalement au dépourvu. Soudain, un grand groupe de daims surgit d'un autre bosquet plus au nord et avec audace et inconscience, coupa la route aux chasseurs, qui bien que pris au dépourvu, eurent finalement le temps de se ressaisir et de tirer en direction du troupeau. Deux animaux, mortellement touchés, s'effondrèrent en poussant un cri déchirant, l'un fauché par un tir de mousquet, tandis que le flanc du second avait été transpercé par une flèche. Les autres bêtes, affolées, poursuivirent leur course vers le sud-ouest sous les tirs du groupe et l'un des traîneaux s'élança même à leur poursuite. Le reste des membres de l'expédition ne s'y risqua pas et après avoir chargé les deux carcasses sur le deuxième traîneau, les hommes, tout en suivant les traces laissées par leurs prédécesseurs, s'avancèrent avec prudence, tout en veillant à rester groupés. En cet instant, qui pouvait savoir ce qui se cachait dans les alentours ?

 Leur laborieux pistage finit par les mener à un cours d'eau partiellement gelé, traversé par un pont de bois semblable à celui de la scierie, seule trace d'une quelconque présence humaine dans les alentours. De nombreuses empreintes y étaient présentes et il ne s'agissait ni de celles du troupeau de daims, ni de celles laissées par l'attelage qui venaient de la direction opposée. L'un des chasseurs se pencha un bref instant pour les regarder, puis il se retourna vers le groupe. Une lueur d'effroi brillait dans des yeux et comme une

maladie contagieuse, la panique se répandit…
« -Des loups ! Il doit y en avoir un bon nombre, peut-être une quinzaine…
-Prions pour qu'il ne lui soit pas arrivé malheur ! Peut-être la meute n'en avait-elle qu'après notre gibier…
-L'imbécile ! C'était pure folie de s'éloigner ainsi du groupe.   Surtout avec une aussi mauvaise visibilité !
-A ce stade, il est certainement mort. Je n'ai pas envie de le rejoindre. Rebroussons chemin ! »

Wellington fut le premier à se ressaisir et à intervenir pour calmer les esprits, tandis qu'Ivan restait de marbre.
« -Nous n'avons abattu que deux daims. Vous appelez ça une chasse ? Et même si ce que notre compagnon a fait me parait tout aussi insensé qu'à vous, nous ne pouvons pas l'abandonner ici sans essayer de l'aider… Gardez vos armes à portée de main et continuons. Toutes les empreintes longent la rivière en direction du sud. » Comme il semblait déterminé à poursuivre les recherches dans cette direction, les autres se résolurent à le suivre. Lorsqu'ils entendirent les hurlements des loups résonner à travers le brouillard, ils comprirent immédiatement ce qui les attendait. Le traîneau était là, renversé contre le tronc d'un gros sapin et la meute fondait sur eux…

Loin de se laisser surprendre, les membres de l'expédition réagirent prestement à la menace. L'homme du second traîneau épaula son mousquet et abattit l'un des loups d'un tir en pleine tête. Wellington fit de même. Les archers durent attendre que la meute se rapproche davantage avant de tirer, ce qui nécessitait un certain sang froid, mais à l'exception de l'une d'entre elles, les flèches tuèrent ou mirent hors de combat plusieurs bêtes. Ivan, doutant encore de ses talents de tireur, s'était contenté de dégainer son épée, mais n'eut finalement pas besoin de s'en servir. Effrayés par le vacarme des fusils ainsi que par la salve meurtrière qui venait de faucher plusieurs des leurs, les loups restants prirent la fuite et disparurent dans la brume en jappant. En approchant du premier traîneau, les chasseurs découvrirent avec horreur les cadavres déchiquetés de leur compagnon et de ses chiens. Les pauvres huskies, endurants et dociles, étaient de remarquables chiens de traîneau, mais leur petite taille ne leur laissait pas la moindre chance face à la férocité de leurs cousins sauvages.

Malgré leur victoire facile, les survivants, hagards et interdits, s'immobilisèrent. Le macabre spectacle qui s'offrait à eux les privait de toute joie. Comme on pouvait s'y attendre, l'hostilité du groupe ne tarda pas à peser sur Ivan de tout son poids. Une fois de plus, Wellington fit de son mieux pour tenter de limiter les dégâts, mais la cohésion du groupe ne tenait plus désormais qu'à un fil.

« -Cinq loups abattus. La vente de leurs peaux va nous rapporter une coquette somme. Nous pouvons être fiers de nous, car nous avons fait du beau travail. Qui va m'aider à les charger sur le traîneau ?

-Pourquoi ne demanderiez-vous pas à votre… Ami ? Il n'a pas été d'une grande aide jusqu'à présent et c'est peut-être à lui que nous devons la mort de notre compagnon…

-Balivernes ! Ce chasseur est seul responsable de son sort. Il a pris de terribles risques en se séparant du

groupe et en a payé le prix. Nous l'enterrerons dignement au village quand nous rentrerons. La journée n'est pas terminée et nous pouvons poursuivre la chasse. Qui est avec moi ?
-J'en ai assez vu. Il est hors de question de continuer comme ça. Nous avons tué assez de gibier pour pouvoir prendre plusieurs semaines de repos, malgré le prix que nous avons eu à payer. Personne ne vous suivra dans votre folie. Si vous voulez continuer, libre à vous, mais vous serez seul.
-Il a raison. Nous ne sommes pas venus ici pour y mourir. Restez si ça vous chante, mais nous rentrons.
-Où est passée votre bravoure ? Je suis certain que mon compagnon ne tournera pas les talons, lui. Et n'oubliez pas que j'ai contribué à notre succès.
-Vous avez tué un loup, soit… Mais vous n'êtes pas le seul. Rentrez avec nous et vous pourrez vendre sa peau.
-J'ai une toute autre proposition à vous faire… Je vous laisse le loup et vous demande de me céder trois chiens. Ils nous aideront à tirer le second traîneau. En échange, vous serez débarrassés de moi et de « l'étranger » tant redouté…
Qu'en dites vous ?
-Je suis désolé pour ces pauvres animaux qui vont vous accompagner dans votre tombe. Mais si cela peut nous permettre de tenir cet homme à distance de nos maisons, votre offre me semble correcte. Marché conclu… »

Ivan, malgré ses réticences à l'idée de s'isoler dans cette lande hostile et gelée, laissa le groupe décider à sa place de la tournure qu'allaient prendre les événements. Deux raisons motivèrent son choix : Il faisait toujours confiance à Wellington et il avait la ferme intention de montrer à ces culs-terreux qu'il n'avait nullement besoin de leur présence pour survivre. Il savait cependant au fond de lui que si la meute revenait à la charge, rien ne pourrait l'empêcher de lui faire subir le même sort qu'au chasseur téméraire dont les autres enveloppaient déjà les restes dans un linceul de fortune…

  Une fois leur traîneau chargé, les autres membres de l'expédition firent demi-tour vers l'est. Les chiens qui leur restaient peinaient à tirer l'engin alourdi par les multiples carcasses dont il était chargé, à tel point que les hommes qui l'accompagnaient furent contraints de modérer leur allure.

  Désormais seuls, Ivan et Wellington les virent disparaître dans le brouillard dont l'opacité semblait avoir légèrement diminué, pas assez toutefois pour qu'il soit aisé de déterminer avec certitude l'heure qu'il pouvait être.

  « -Quel est votre plan désormais ?
-J'aimerais que nous revenions sur nos pas et traversions ce pont. Je ne l'avais jamais vu et n'étais même pas au courant de son existence… Puisque les loups sont venus de ce côté, il est possible que d'autres animaux soient présents sur l'autre rive. Avec ce traîneau, nous allons pouvoir transporter leurs peaux et carcasses sans trop de mal.
-Je suis d'accord. Le jeu en vaut peut-être en effet la chandelle. Ce pont n'est certainement pas là par hasard et pourrait bien nous mener à un autre village dans lequel la population saura peut-être se montrer plus chaleureuse.

-Je vois que nous pensons la même chose. Qui ne tente rien n'a rien, n'est-ce pas ? Hâtons-nous ! »

Ils commencèrent donc par redresser le traîneau et après avoir ôté de leurs entraves de cuir ensanglantées, mais heureusement intactes, ce qui restait des chiens morts, ils leur substituèrent ceux qu'ils venaient de troquer. Les animaux se laissèrent faire sans aboyer, mais la peur et l'inconfort se lisaient clairement dans leurs beaux yeux bleus. Tous avaient les oreilles basses et deux d'entre eux tremblaient même sur leurs pattes. Sans doute cela n'avait-il rien à voir avec le froid… Au premier claquement de fouet de Wellington, ils se mirent en route, doucement, afin de ne pas s'éloigner d'Ivan qui suivait à pied. Le tireur semblait à l'aise et l'attelage parvint à traverser le pont enneigé et relativement étroit sans encombre.

De l'autre côté du cours d'eau, le paysage, toujours aussi rocheux, laissait davantage de place aux bosquets de sapins, plus grands et plus denses, pas assez toutefois pour constituer une forêt continue.

Au sol, les seules traces présentes étaient celles des loups, qui avaient fort heureusement fui dans la direction opposée. Elles venaient du sud-ouest, mais Wellington choisit de continuer vers l'ouest, droit devant lui. Après avoir longé l'un des bosquets, les deux hommes virent sur leur droite une sorte de clairière à partir de laquelle le terrain descendait en pente douce. Plus loin, la taïga reprenait ses droits, révélant ce qui aurait pu être un sentier. Ils l'empruntèrent.

Après quelques instants ils aboutirent à une sorte de petit vallon cerné d'arbres et de collines rocheuses dans lequel s'engouffrait un vent glacé soufflant par bourrasques. Ce qu'ils y trouvèrent les fit presque bondir de surprise, surtout Wellington, qui manqua de chuter de son traîneau : Ils faisaient face à une demeure de pierre, isolée et en ruines, dont l'architecture rappelait celle des fermes les plus aisées de Northbury. Ils s'approchèrent et commencèrent par faire le tour du bâtiment, dont les fondations semblaient avoir la forme d'un « L » et à côté duquel avait été creusé un puits, maintenant encombré de détritus recouverts d'une couche de neige. Les poutres noircies de l'étage, dont presque toute la toiture s'était effondrée, étaient les témoins muets d'un incendie qui s'était apparemment propagé au rez-de-chaussée, exposant ce qui restait de la maison aux intempéries. Frappés par leur découverte, Ivan et Wellington n'avaient pas remarqué les empreintes laissées par un groupe d'ours dans les alentours. Ce n'est qu'en explorant l'intérieur de la maison qu'ils virent des touffes de poils noirs accrochées aux jointures des pierres du mur extérieur ainsi que plusieurs traces de griffes dans le bois. Les plantigrades avaient donc fait de ce lieu leur tanière... Dans un premier temps, leur crainte fit place au soulagement lorsqu'ils découvrirent un escalier extérieur menant à une cave sous le bâtiment, dissimulée par une porte à moitié ensevelie sous la neige, fermée mais pas verrouillée.

Puis lorsque les grognements résonnèrent dans le vallon, ils réalisèrent qu'ils étaient pris au piège. Sans se laisser gagner par la panique, Wellington dissimula le traîneau dans les décombres et libéra les chiens. Puis il les mena à l'intérieur, y rejoint Ivan qui avait allumé une torche et ferma la porte derrière eux.

La cave, étonnement vaste, aurait largement pu abriter tous les membres de l'expédition si ceux-ci les avaient suivis jusqu'en ces lieux, mais à l'heure qu'il était, ces couards ne devaient plus être très loin de Northbury... Presque aucune lumière ne provenait de l'extérieur, mais l'endroit offrait également une excellente protection contre le vent et la neige. Dans un coin de la pièce principale s'entassaient plusieurs caisses et barriques qui ne contenaient rien de très intéressant hormis quelques outils, du grain, une hache de bûcheron et une pièce de monnaie qui différait totalement de celles du village...

L'un des chiens, resté près de la porte, sembla soudain pris d'effroi et recula, la queue dressée et les oreilles rabattues, d'abord en grognant, puis en gémissant. Les ours étaient de retour. Conscients du danger planant au dessus de leurs têtes, Ivan et Wellington se ruèrent sur les caisses et joignant leurs efforts, se hâtèrent de s'en servir pour barricader la porte. En cas de confrontation, ils ne pouvaient espérer faire le poids. La seule possibilité qui leur restait était d'attendre que les bêtes finissent par s'éloigner. Après s'être installés aussi confortablement qu'ils le purent, ils consommèrent ce qui restait de leurs rations, les partageant avec leurs chiens, puis comme les grognements provenant de l'extérieur, étouffés par les murs épais de la cave, ne cessaient pas, ils décidèrent de profiter de cette halte imposée pour dormir.

Malgré la nature spartiate de ce refuge et la présence des ours qui rôdaient dans les parages, Ivan se sentait plus à l'aise que dans la chambre que le bourgmestre de

Northbury avait mise à sa disposition. En effet, rien ne lui était plus désagréable que la proximité de ces villageois qui ne souhaitaient que sa disparition. Même si la nuit venait tout juste de tomber au dehors, il s'endormit sans peine. Était-ce à cause de l'ambiance tragique, presque spectrale qui régnait dans cette cave ? Alors que l'aube approchait, il fit un rêve des plus troublants…

 Après avoir suivi un sentier dans la forêt, il venait d'arriver dans un vallon entouré de sapins verdoyants et de collines rocheuses où soufflait une douce brise, apportant une touche de fraîcheur à cette après-midi estivale. C'est avec stupéfaction et effroi qu'il découvrit au beau milieu de la prairie qui s'étendait devant lui une demeure en feu de laquelle s'élevaient d'épaisses volutes de fumée noire. Pire encore, les hurlements de plusieurs personnes, dont certaines semblaient n'être que des enfants parvinrent à ses oreilles. Les malheureux étaient piégés dans cet enfer et condamnés à y rôtir vivants. Devant le bâtiment, se tenait une jeune femme aux longs cheveux sombres ondulés vêtue d'une robe à dentelles d'un blanc immaculé. Une torche à la main, elle contemplait calmement le spectacle horrible et superbe à la fois que lui offrait l'incendie. Ivan se précipita sur les lieux et lorsqu'elle se rendit compte de sa présence, elle tourna la tête, puis tout le corps dans sa direction. L'expression de surprise et de méfiance qu'affichait son beau visage au teint de porcelaine se mua en un éclair en un mince sourire qui n'éclipsait en rien la lueur de cruauté et de résolution brillant dans ses yeux sombres.

 « -Le châtiment des sots est la sottise. C'est cette

sottise qui les a condamnés !
-C'est monstrueux ! Qu'ont fait ces pauvres gens pour mériter un sort aussi horrible ?
-Ca n'a plus d'importance. Ils vont partir en fumée. Bientôt, nous ne les entendrons plus. »

Une abjecte odeur de viande brûlée se mêla alors à celle du feu et la moitié de l'étage de la maison s'effondra…

Le cœur battant et couvert de sueur, Ivan ouvrit soudain les yeux. Sa torche s'était éteinte et dans l'obscurité de la cave, seuls étaient audibles les légers ronflements de Wellington. Il ignorait la signification de l'étrange cauchemar qu'il venait de faire. Était-ce le reflet du passé de cette demeure ? Ou alors une simple construction de son esprit embrumé ? Quoi qu'il en soit, les traits délicats et les paroles implacables de l'ange des ténèbres qu'il avait contemplé dans son rêve continuèrent à le hanter bien après les premières lueurs du jour.

Finalement, Wellington s'éveilla à son tour et alluma une autre torche dont la lumière révéla aussitôt la silhouette de son compagnon qui se tenait assis, adossé au mur auquel il faisait face.

« -C'est la dernière qui nous reste… Nous ne pouvons pas attendre ici plus longtemps. Nous allons devoir tenter le tout pour le tout. Si nous nous en sortons, à notre retour au village, nous serons riches.
-Assez pour éponger vos dettes ?
-Peut-être en vendant le traîneau et les chiens, mais la moitié de ce que nous amassons vous revient… Ce n'est pas grave. Je vous accompagnerai lorsque vous quitterez

Northbury et aurai l'occasion de dépenser mes deniers dans la prochaine bourgade, voilà tout…
-Vous semblez bien confiant… Je ne vois déjà pas comment nous allons pouvoir nous y prendre pour nous extirper de cet endroit sans nous faire massacrer. A moins que vous n'ayez un plan ?
-J'ai apporté un piège en acier avec moi. Je le mettrai en place derrière la porte et ferai en sorte de le dissimuler. Il devrait nous aider à venir à bout d'un de ces ours. Ensuite, nous devrons compter sur nos talents de tireurs pour nous occuper des autres…
-Je vois. Autrement dit, il faut prier pour qu'il n'y ait pas plus de trois bêtes au dessus de nous…
-Ces animaux sont plutôt solitaires alors je pense que de ce côté-là nous ne devrions pas avoir de problème. Ne perdons pas de temps. Vous devriez charger votre arme. Je vais faire la même chose dès que j'aurai placé le piège, puis nous ouvrirons la porte… »

  Ivan ne se fit pas prier pour suivre le conseil de Wellington qui après avoir introduit la poudre et une cartouche dans le canon de son fusil commença à défaire la barricade. Il le rejoignit pour lui apporter son aide, suite à quoi le tireur sortit le piège de son sac à dos. Il s'agissait de l'un de ces dispositifs cruels ayant la forme d'une grande mâchoire de métal qu'il dissimula ensuite en le recouvrant du contenu de l'une des barriques. Tout était prêt. Il ne restait plus qu'à ouvrir la porte et à attirer les ours à l'intérieur. Par précaution, Wellington attacha une cordelette à la poignée de la porte afin de pouvoir l'ouvrir à distance. Bien lui en pris car l'un des ours se tenait justement en haut des escaliers. A quatre pattes, la bête accourut dans la cave et hurla de douleur lorsque la mâchoire d'acier se referma avec violence sur l'une de ses pattes avant, ce qui ne manqua pas d'attirer ses congénères. La bête qui suivit était de loin la plus impressionnante et dépassait Ivan d'au moins une tête. Comme la première, elle apparut à contre-jour, mais se tenait debout. Le premier ours, entravé par le piège pataugeait dans son sang et lui offrait une couverture, mais limitait son accès à l'intérieur du bâtiment, ce qui laissa le temps aux deux hommes de la viser. Elle s'effondra de tout son long lorsque le tir de Wellington transperça sa poitrine tandis que le carreau d'Ivan se fichait dans son œil gauche. Pendant un instant, la fumée générée par le coup de feu masqua toute visibilité dans la pièce. Lorsqu'elle se dissipa, le dernier ours, visiblement plus craintif, se montra à son tour, à bonne distance, mais ne tarda pas à détaler, ce qui permit à Wellington de recharger son arme pour achever d'un tir en pleine tête le premier animal, avant de s'armer de son couteau de chasse et de lancer un regard derrière lui. Fort heureusement, les chiens s'étaient tenus à l'écart jusqu'à la fin du combat et n'étaient donc pas blessés.

« -Je vais les écorcher sur place. Ce ne sera pas très long. Comme ça, nous n'aurons que leurs fourrures à transporter, ce qui nous fera gagner du temps.
-Très bien. N'ayant plus de couteau, je crains de ne pouvoir vous apporter aucune aide. Néanmoins, je ne vous cache pas qu'être dispensé d'une tâche aussi écœurante constitue pour moi une forme de soulagement.
-Ce n'est pas ce que semblent penser nos compagnons

canins... »

En effet, l'un des huskies s'était déjà avancé pour laper le sang qui ruisselait sur le sol de pierre de la cave. Les trois chiens allaient bientôt avoir l'occasion de festoyer...

Alors que Wellington s'apprêtait à inciser la peau du ventre du plus gros ours, Ivan l'interrompit.

« -Un instant ! Si nous jamais nous étions amenés à revenir en ces lieux, j'aimerais ne pas avoir à dormir au milieu de la chair, du sang et de l'odeur de ces animaux. Écorchez-les à l'extérieur, voulez-vous ?

-Comme vous voudrez. Dans ce cas, aidez moi à hisser ces deux carcasses dehors. Et comme je vais devoir me concentrer pour ne pas abîmer les peaux, il faudra surveiller les alentours avec toute l'attention dont vous serez capable. Je ne voudrais surtout pas être attaqué par un autre animal sans pouvoir me défendre...

-C'est entendu. Je vais vous couvrir jusqu'à ce que vous ayez terminé. »

Ils traînèrent donc les deux ours par les pattes, en commençant par le plus petit et les déposèrent devant le bâtiment, non loin du puits. Les trois chiens les suivirent en silence.

Comme il l'avait annoncé, Wellington semblait totalement absorbé par sa tâche. Même si le ciel était toujours couvert, la neige diffusait une lumière considérable. Par conséquent, le tireur put travailler avec aisance. Ivan, qui s'était hissé sur ce qui restait de l'étage de la maison, avait une vue dégagée sur les alentours. Les bourrasques de la veille avaient cessé et les branches des sapins étaient presque immobiles. Il ne fallut sans doute guère plus d'une heure à Wellington pour en finir. Les peaux n'étaient pas abîmées, mais il faudrait encore en tanner la face intérieure pour pouvoir les vendre. Les deux hommes chargèrent le traîneau avec la précieuse marchandise, harnachèrent les huskies, désormais repus et se mirent en route vers Northbury. Même si le temps était cette fois-ci relativement clément, ils étaient conscients qu'il leur faudrait presque une demi-journée pour arriver à destination, dans le meilleur des cas. Après avoir franchi le pont à proximité duquel les autres chasseurs avaient fait demi-tour, Ivan repensa à la créature si délicate et impitoyable à la fois qui lui était apparue la nuit passée et l'idée d'une similitude entre ses deux derniers songes vint le hanter. Il n'avait pas été en mesure de la voir, mais l'apparition qui s'était penchée sur son lit alors qu'il sommeillait, à l'abri du froid dans la maison communale de Northbury dégageait le même magnétisme, entraînant chez lui un mélange de fascination, de désir et d'inquiétude. Il oublia un instant sa situation peu enviable, pour se laisser aller à repenser au corps parfait de la terrible inconnue qu'une part de lui souhaitait ardemment enlacer, au mépris du danger qu'un tel souhait pouvait constituer En vérité, pour poser ses lèvres contre les siennes, pour pétrir ses seins de neige et goûter à sa chair délicate, il était déjà prêt à sacrifier le peu qu'il possédait...

  Quelques instants plus tard, la voix rauque de Wellington mis fin à cette rêverie.

  « -Je ne crois pas vous l'avoir déjà dit, mais c'est un ours qui a tué mon père. Avec ce qui s'est passé aujourd'hui, j'ai le sentiment, après plusieurs années,

d'avoir pris ma revanche. Bien sûr, ce ne sont pas les premiers que j'abats, mais jamais je ne m'étais retrouvé dos au mur comme ce matin. Même si je respecte ces animaux, l'idée de voir ces deux-la transformés en descentes de lit n'est pas pour me déplaire.
-Je comprend ce que vous ressentez, mais reconnaissez que ce que vous dites est assez paradoxal.
-Je sais. Je plaisantais. Vous faites une drôle de tête. Est-ce l'idée de retourner à Northbury qui vous rebute à ce point ?
-En partie, mais ce n'est pas tout… Dites-moi, vous arrive t-il de faire des cauchemars ?
-Pour tout vous dire, je ne rêve pas souvent. En ce qui me concerne, la nuit n'est qu'une demi-mort…
-Je vois. Depuis mon arrivée en Haute Calombrie, j'ai rêvé à deux reprises d'une jeune femme aux longs cheveux sombres qui semblait s'intéresser à moi…
-Une femme ? C'est ça que vous appelez un cauchemar ? La prochaine fois que vous la voyez, prévenez-moi…
-Laissez-moi terminer. Il y a chez elle quelque chose de trouble. Qui plus est, après ces deux rêves, j'ai été amené à combattre pour ma survie.
-Vraiment ? Et quelles ont été les circonstances de votre premier combat ?
-Vous n'allez peut-être pas me croire, mais puisque vous me posez la question, je vais quand même vous dire ce qui m'est arrivé… Sans vraiment savoir pourquoi, au beau milieu de la nuit, j'ai ressenti le besoin de laisser de côté le confort de la maison communale et de sortir dans les rues. Sans réfléchir, je me suis rendu dans une maison des alentours, visible depuis le bâtiment, mais

apparemment inoccupée. Cependant, j'y ai été assailli par de petites créatures repoussantes comme je n'en avais encore jamais vu. Au cours du combat, je me suis évanoui et à mon réveil, elles avaient disparu. Pourtant, je suis presque certain de ne pas avoir rêvé…

-Je vous crois. Les mauvais esprits qui rôdent dans la contrée sont plus actifs après la tombée de la nuit. Et la présence d'un étranger parmi nous suffit sans doute à les déchaîner. Ne les craignez pas, mais restez toujours vigilant. Si vous cédez à la panique, ils vous emporteront comme les autres. Si vous leur tenez tête, ils finiront par se détourner de vous.

-C'est-ce que dit votre « Histoire Sainte », n'est-ce pas ? J'ai eu l'occasion de me pencher sur ce livre…

-La religion ne me passionne pas. Ce livre a été écrit pour rassurer les braves gens et pour donner un nom à ce que nous redoutons. Ils contiennent beaucoup de balivernes. Ne vous y attachez pas trop… »

Une fois encore, Ivan se contenta d'opiner. Le reste de leur trajet se fit dans un silence presque pesant, ponctué des aboiements occasionnels de leurs chiens de traîneau. Après plusieurs heures de marche, ils parvinrent aux dernières cabanes qu'ils avaient vues après avoir quitté le village. Wellington, visiblement désireux de marquer une halte en cet endroit, fit s'arrêter les huskies non loin.

9 : Danse Macabre

« -Ces cabanes servent de refuge et de poste d'observation aux chasseurs. C'est également là que nous avons l'habitude de travailler les fourrures avant de les vendre aux marchands du bourg. Je vais voir si je ne peux pas y échanger directement le fruit de nos efforts.
-Dans ce cas, je ne crois pas que ma présence soit requise. Je vous attendrai dehors avec les chiens. »
 Wellington marcha ensuite jusqu'à la plus grosse cabane. La cheminée fumait et le son d'une conversation assez vive provenait de l'intérieur. La porte s'ouvrit à la volée alors qu'il tentait d'en saisir la poignée. Devant lui, visiblement stupéfait, se tenait l'un des hommes qui avaient choisi de battre en retraite la veille. Loin de se démonter, le tireur se tint là où il se trouvait et lui adressa un sourire chargé d'ironie.
 « -Alors ? On nous croyait tous morts ? La mâchoire vous en tombe ? Même si nous avons dû nous passer de votre aide, nous avons réussi à abattre deux ours noirs. Impressionnant, n'est-ce pas ? Vous voulez jeter un œil à leurs fourrures ?
-Ne fanfaronnez pas comme ça, Wellington. Vous avez eu beaucoup de chance et vous le savez… Ramassez vos peaux et amenez-les à l'intérieur. Nous allons voir ce que nous pouvons vous proposer en échange… »
 Le tireur s'exécuta et les deux hommes disparurent dans le bâtiment. Quand il en ressortit enfin, Wellington tenait dans la paume de sa main droite une petite bourse. A sa ceinture pendaient deux sachets de poudre

supplémentaires.
 « -Il y a là-dedans dix-huit thalers. Conformément à notre marché, douze vous reviennent. A quoi comptez-vous les employer ?
-Pour tout vous dire, je n'en sais rien… Peut-être vais-je retourner à l'armurerie pour acheter quelques carreaux supplémentaires…
-Bonne idée. Nous devrions aussi nous procurer des raquettes et des chiens supplémentaires. Je ne sais pas si nos économies vont suffire. Dites-moi… Où se trouve la maison dans laquelle vous avez été attaqué par ces… Créatures ?
-Seriez-vous en train de me dire que vous avez l'intention de vous livrer au pillage ?
-Nous allons avoir besoin de tout ce que nous pourrons trouver et échanger. Si nous voulons survivre, il faudra oublier la morale tant que nous ne serons pas tirés d'affaire.
-C'est hors de question. Nous nous sommes déjà procuré l'essentiel et je refuse de m'avilir davantage. Le sang dont mes mains sont désormais entachées suffit amplement !
-Comme vous voudrez. J'espère juste que nous n'aurons pas à le regretter… »
 Suite à cette conversation, ils se remirent en route et suivirent le sentier qui les conduit au bourg. Il n'était pas tard, mais les nuées qui masquaient le ciel avaient plongé les lieux dans une obscurité menaçante. Ivan se tourna vers son compagnon, soupira et le dévisagea.
 « -Demain, nous devrons quitter le village pour ne jamais y revenir. Êtes-vous certain de vouloir

m'accompagner ?
-Bien sûr ! De toute manière, vous vous défendez bien et je n'ai pas le choix…
-Heureux de vous l'entendre dire. Je vais rentrer à la maison communale et m'entretenir avec le bourgmestre. Je vais également voir s'il n'est pas trop tard pour y déjeuner. Quand j'en aurai fini, j'aimerais que nous fassions l'inventaire de nos possessions en vue du voyage qui nous attend. Où pourrai-je vous retrouver ?
-Je vous attendrai à la taverne, la bâtisse sans étage juste à côté de la maison du bourgmestre. Je vais essayer de persuader d'autres chasseurs de se joindre à nous, même si je ne me fais pas trop d'illusions…
-Fort bien. Bonne chance et à tout à l'heure, alors. »
De retour dans la demeure de Charretier, Ivan fut accueilli par un bourgmestre qui malgré l'expression incrédule qu'affichait son visage, se leva pour le saluer. Non loin, la table de la salle à manger n'avait pas encore été débarrassée, même si les couverts n'y avaient été mis que pour une seule personne.

 « -Vous êtes revenu ? Les chasseurs qui sont rentrés sans vous ont fait courir le bruit que vous aviez trouvé la mort lors de votre expédition. Excusez ma surprise, mais je ne m'attendais pas à vous revoir en ces lieux…
-Il faut croire que mon heure n'avait pas encore sonné. Le délai que vous m'avez accordé arrivera bientôt à échéance et j'aimerais, si vous êtes toujours d'accord, que vous demandiez à votre bonne de bien vouloir préparer mes bagages pour demain matin. Veuillez également avoir l'amabilité de la remercier pour les provisions qu'elle m'a données pour ma précédente

excursion.
-Comptez sur moi. D'une certaine manière, je suis soulagé de voir qu'il ne vous est rien arrivé. Je ne doute pas que ceci soit de bonne augure pour ce qui vous attend. Votre ténacité fait de vous un être d'exception.
-Merci pour ces paroles aimables. J'aurais une autre requête… Serait-il encore possible de déjeuner ? Je ne vous cache pas que je meurs de faim…
-Mais, bien entendu ! Je vais demander à Susanna de vous servir…

Une fois encore, la domestique s'exécuta sans dire un mot et Ivan, qui avait laissé ses armes dans l'entrée, prit le temps de savourer son repas, suite à quoi il ressortit sans même se rendre dans sa chambre ni converser davantage avec le bourgmestre. Ce dernier, absorbé par son travail, semblait d'ailleurs avoir oublié jusqu'à sa présence.

Bien qu'il ne s'y soit encore jamais rendu, Ivan n'eut aucun mal à trouver la fameuse taverne. Les murs de pierre et le toit plat de ce bâtiment, qui côtoyait une unique maison, carrée et haute, aux fenêtres étroites, en faisaient, de tout Northbury, l'édifice le plus semblable à la demeure du bourgmestre. Entre le mur donnant sur la rue et une petite clôture de bois avaient été rangées deux gros tonneaux dans lesquels il aurait été possible de faire tenir un enfant sans difficulté. A l'est, non loin, se dessinait l'orée de la forêt tant redoutée dans laquelle il allait devoir se rendre à l'aube. Il la fixa un moment avec un mélange d'appréhension et de curiosité. Presque inconsciemment, il saisit et enserra le pommeau de son épée, qu'il fut contraint de lâcher pour abaisser la poignée de l'unique porte de l'auberge.

Une bonne douzaine d'individus se tenaient à l'intérieur, la plupart attablés alors que d'autres conversaient debout. La grande majorité étaient des hommes, mais au moins deux femmes étaient présentes parmi les clients.

Le mobilier, reposant sur un plancher grossier présent dans tout l'établissement; à l'exception de l'entrée, consistait en neuf tables de sapin ou de bouleau, de bancs et tabourets qui auraient aisément pu accueillir trois fois plus de monde.

Face à l'entrée, le tenancier, un homme à la barbe épaisse, vêtu d'une courte veste de velours bitume, d'un pantalon de cuir et d'un manteau de fourrure assorti qui lui donnaient un air presque poussiéreux malgré sa carrure, debout derrière un comptoir à l'aspect fragile, était en train de nettoyer les verres utilisés par de précédents clients et fit mine de ne prêter aucune attention à son nouveau visiteur.

Wellington, quant à lui, était là, attablé seul au fond de la grande salle, contre le mur de droite, non loin d'un énorme ours brun empaillé à côté duquel les animaux auxquels ils avaient eu affaire ressemblaient à des miniatures. La lueur d'une lampe dont l'huile brûlait devant lui, à côté d'un verre apparemment vide, soulignait ses traits tirés, presque abattus. Lorsqu'il aperçut Ivan, il se décala afin de lui faire de la place sur l'unique banc de la table à laquelle il se tenait.

« -C'est peine perdue. Personne ne viendra avec nous…
-Est-ce donc ce qui vous met dans cet état ? Vous m'avez

dit vous-même que c'était prévisible. La journée n'est pas finie et nous avons encore affaire avant notre départ. Reprenez-vous !
-Je vais bien, ne vous en faites pas… Nous n'avons pas besoin d'eux. L'idée du départ me rend juste un peu… Anxieux, mais ce n'est rien. Alors, nous y allons ?
-Oui, ne tardons pas. Plus vite nous en aurons fini, mieux cela vaudra. Avez-vous pensé à lister le matériel dont nous disposons ?
-Je sais ce que je possède et qui peut nous être utile : Un sac à dos, à peu près cinquante pieds de corde, un piège à ours, trois torches, un couteau de chasse, des rations pour trois jours et bien entendu mon fusil et assez de poudre et de balles pour abattre tout un troupeau de chevreuils. J'ai aussi chez moi deux couvertures, de l'amadou et divers ustensiles de cuisine, sans compter, comme vous le savez, le traineau et les trois huskies…
-Pour ma part, je n'ai rien de plus que mes armes, mais le bourgmestre m'a promis de me faire préparer des rations pour la route. J'ai aussi une requête à vous soumettre… Vous souvenez-vous des achats que je souhaite réaliser ? Je pense qu'il serait préférable de vous confier l'argent pour que vous vous en chargiez personnellement. Après tout, c'est à vous que les marchands sont censés accorder une réduction… Je vous attendrai sur la place centrale. Pour tout vous dire, je trouve l'ambiance qui règne dans cette taverne assez étouffante et aimerais ne pas m'y attarder…
-Aucun problème. Allons-y. Je vous retrouverai là-bas avec ce qu'il vous faut… »

   La place du marché, comme presque tout le bourg, était

pratiquement déserte, ce qui ne semblait pas normal à cette heure de la journée. C'était comme si les villageois s'étaient une fois encore calfeutrés chez eux pour fuir les ténèbres. Lorsque Wellington entra dans les halles, Ivan se retrouva seul et se mit à marcher de long en large, le regard tourné vers les fermes et les champs. Après quelques instants, il vit trois silhouettes émerger de derrière une grange puis y disparaître à nouveau. Leur pas lent et mal assuré et leur démarche chancelante lui firent ressentir un profond malaise. Instinctivement, il comprit que quelque sorcellerie répugnante était à l'œuvre en ces lieux…

Wellington ne tarda pas à sortir et lui tendit aussitôt les carreaux et la paire de raquettes qu'il avait réclamés. Il ne sembla pas faire attention à la lueur d'effroi qui brillait dans les yeux de son compagnon.

« -Si vous n'avez pas changé d'avis, nous allons devoir renoncer aux chiens supplémentaires. Nous n'avons presque plus d'argent…

-Venez avec moi ! J'ai vu quelque chose d'anormal vers ce bâtiment là-bas. Ces choses se tenaient debout, mais je suis certain qu'elles n'étaient pas humaines…

-Quoi ? De quoi diable parlez-vous ? Il n'y a que des fermiers et du bétail dans cette direction !

Malgré son incrédulité, Wellington suivit son compagnon jusqu'à la grange qu'il lui avait montré et les deux hommes, poussant les battants de l'une des deux grandes portes du bâtiment, y entrèrent. L'endroit n'avait rien de très spécial, à l'exception d'une énorme vache laitière sans corne, noire comme la nuit, qui se tenait seule et immobile dans son box, au milieu du foin.

Alors que le tireur, le sourire aux lèvres, s'apprêtait à ouvrir la bouche, il reçut dans le dos un coup d'une grande violence qui le fit chuter en avant. Fort heureusement, sous son manteau, sa chemise de mailles avait atténué le choc et il parvint donc, après avoir mis la main sur son fusil, à se relever et à faire face à son agresseur.

Lorsqu'il vit les trois cadavres ambulants couverts d'engelures, vêtus de guenilles et horriblement défigurés qui lui faisaient désormais face, il blêmit, tout comme Ivan… Il eut juste le temps de s'écarter pour esquiver le coup suivant et courir au fond de la grange, vers la porte opposée, qui comble de l'horreur, semblait fermée de l'extérieur. Puis il épaula son arme et tira en pleine tête de la créature qui l'avait attaqué. Le crane déchiqueté, cette dernière s'effondra devant les deux autres, qui, poursuivant leur avancée, piétinèrent le reste de son corps, dont la raideur était pour le moins saisissante. A son tour, Ivan tira en direction des deux abominations restantes et en atteignit une à l'abdomen. La blessure, qui aurait dû la tuer sur le coup, ne la ralentit même pas.

Comme moins de vingt pieds les séparaient désormais de ces choses abjectes, ni Ivan, ni Wellington ne pouvaient espérer avoir le temps de recharger leur arme. En désespoir de cause, comptant sur l'avantage que leur conférait leur vélocité, ils se tinrent prêt à se battre au corps à corps, l'un avec son épée, l'autre avec la simple crosse de son fusil. Ivan, qui avait retenu la leçon de sa précédente tentative infructueuse renonça à frapper d'estoc. Il s'avança donc et d'un mouvement circulaire ample et rapide, parvint à décapiter d'un coup le monstre le plus proche dont le cœur mort ne fit pas jaillir la moindre goutte de sang. Avec moins de grâce, mais tout autant d'efficacité, Wellington mis fin au combat en abattant son arme sur la tête de la créature restante, qui sous la puissance du coup délivré, fut brisée aussi aisément qu'aurait pu l'être un vase de porcelaine.

  Suite au traumatisme causé par cette rencontre blasphématoire, il fallut du temps aux deux hommes pour retrouver leur calme. Leur instinct de survie les poussa néanmoins à recharger leurs armes sur-le-champ, suite à quoi ils sortirent de la grange et fouillèrent les alentours, pour ne rien y trouver de plus. Personne ne sembla avoir été alerté par le coup de feu de Wellington, qui, plus secoué encore que son compagnon, murmura quelque parole inintelligible, avant de regarder dans le vague.

  « -Aujourd'hui, la mort est venue nous chercher et nous l'avons vaincue. Mais tant que nous resterons ici, elle reviendra. C'est une nuit de terreur qui nous attend…
-C'est vrai, mais nous nous barricaderons et garderons nos armes à portée de main. Jusqu'à présent, nous avons toujours fait face. Demain, nous quitterons cet endroit maudit. En attendant, nous devrions dissimuler ces… Choses. La panique pourrait rendre la populace dangereuse.
-Oui… Vous avez raison. J'avais déjà entendu des histoires de morts marchant parmi les vivants. De simples légendes… Voila ce que j'en pensais jusqu'à présent… Je croyais que la seule menace à craindre venait du sommeil…
De retour dans la grange, ils y retrouvèrent la sinistre

vache noire, qui broutait tranquillement son foin comme si le combat qui venait de s'y dérouler n'avait jamais eu lieu.
Malgré le dégoût légitime que leur inspirait l'idée même de poser la main sur les corps glacés qu'ils venaient de réduire au silence, Ivan et Wellington surmontèrent leurs réticences et les ensevelirent sous une épaisse couche de paille. Peut-être était-ce là une précaution dérisoire, mais il leur fallait se hâter et ils étaient conscients de ne rien pouvoir faire de mieux en cet instant.

Après avoir quitté l'endroit, comme deux malfaiteurs, ils balayèrent encore une fois les environs du regard. Personne ne semblait les avoir remarqués. Aussi, à ce stade, l'un comme l'autre étaient parvenus à regagner un semblant de calme. Suite à une inspiration profonde suivie d'un long soupir, la respiration de Wellington se fit nettement plus lente.

« -Je dois vous demander... Pour quelle raison avez-vous ressenti le besoin de traquer ces choses ? Vous auriez tout aussi bien pu les éviter...
-J'ai agi sans vraiment réfléchir, poussé par un mélange de curiosité et de rage, exactement comme lors de ma première nuit passée à la maison communale... Mais je crois que cette fois, c'était la meilleure chose à faire. Comme je vous l'ai déjà dit, je n'ose pas imaginer ce qui aurait pu se passer si ces créatures avaient été remarquées par les villageois...
-Sans doute... Je pense moi aussi que nous avons fait ce qu'il fallait. Alors, nous en restons là pour aujourd'hui ?
-Oui. Demain, nous partirons à l'aube. Je vous propose de m'attendre devant la taverne avec tout votre matériel.

Au fait, merci pour la paire de raquettes et les carreaux que vous m'avez achetés.
Sans échanger une parole de plus, les deux hommes regagnèrent leurs refuges respectifs avec la ferme intention d'y prendre autant de repos qu'ils pourraient avant leur exil fatidique.

De retour à la maison communale, Ivan y vit une table mise, mais nulle trace de Charretier ni de sa domestique. Les seuls couverts qu'y s'y trouvaient lui étaient destinés et son assiette était déjà pleine. Il choisit donc de s'attabler sans attendre. La vapeur qui s'échappait de la soupière désormais familière dont il retira le couvercle témoignait de la sortie récente des occupants des lieux. L'idée qu'ils aient pu chercher à le fuir et le laisser passer seul sa dernière nuit en cette demeure lui traversa l'esprit, sans toutefois le préoccuper outre mesure. Il prit donc tout son temps pour profiter de son dernier repas à Northbury. Après quelques instants à peine et bien avant la tombée de la nuit, il fut emporté par un sommeil irrépressible et s'effondra sur la table sans avoir le temps de comprendre ce qui venait de lui arriver…

Lorsque vint l'aurore, il ouvrit les yeux pour se retrouver dans sa chambre et se leva sans perdre un instant. Il y vit, au pied de son lit, dans un sac de toile, les rations promises par le bourgmestre, Qu'il emporta avec lui. Toutefois, ses armes avaient disparu. Dans tout l'étage régnait un silence de mort. Arrivé au rez-de-chaussée, il constata que les lieux étaient aussi déserts que la veille, mais surtout que les deux sorties, ainsi que toutes les portes intérieures de la bâtisse, étaient verrouillées. Prenant enfin pleinement conscience du tour qu'on lui avait joué, il maudit son sort et, se sentant plus vulnérable que jamais, laissa échapper un cri de rage avant de s'emparer d'un gros chandelier qu'il utiliserait comme une massue si ses hôtes, devenus geôliers, devaient se montrer hostiles. Presque aussitôt, il entendit une clef tourner dans la serrure de la porte extérieure à laquelle il faisait face et trois hommes entrèrent, parmi lesquels il reconnut immédiatement le chef de la milice. Ce dernier le dévisagea avec méfiance et pointa son pistolet dans sa direction.

« -Posez cette chose immédiatement, prenez vos affaires et venez avec nous. Nous avons reçu l'ordre de vous accompagner à l'extérieur du village, jusqu'à le route de Saint-Talbot. Il ne vous sera fait aucun mal si vous coopérez.
-Et mes armes ? Où sont-elles ? Répondez !
-Nous allons vous les remettre dès que vous aurez quitté les lieux. Maintenant, veuillez obéir. »

N'ayant guère le choix, Ivan obtempéra et suivit les miliciens dehors. Après tout, puisqu'on lui avait bel et bien remis la nourriture dont il allait avoir besoin pour son voyage, il n'y avait que peu de chances qu'on cherche à lui tendre un piège.

10 : Exil à l'est

A la sortie du village, un autre milicien l'attendait avec son épée et son arbalète et il n'eut pas à marcher longtemps pour le rejoindre et récupérer ses affaires, même si la nuit avait apporté encore davantage de neige, dans laquelle il s'enfonçait parfois jusqu'à mi-mollet. Il ne vit néanmoins ni Charretier, ni Wellington, même après s'être retourné. Au lieu de cela, il put constater qu'il était tenue en joue par au moins trois hommes armés de mousquets qui occupaient les étages des bâtiments alentours. Il savait que tout retour lui était désormais impossible et ne se risqua pas à faire ne serait-ce qu'un pas en arrière. Il chaussa donc ses raquettes et s'enfonça dans la forêt sombre qui s'étendait devant lui jusqu'à ce que Northbury ne soit plus qu'un souvenir. Résolu, mais confus, il progressait sur la route de Saint-Talbot, qui n'était en réalité pas plus large qu'un sentier et les questions se succédaient dans son esprit. Qu'était-il arrivé à son compagnon ? Les morts l'avaient-ils emporté dans son sommeil comme il semblait le redouter ? Avait-il été arrêté par les hommes de main de Charretier ? Elles furent finalement balayées par une série d'aboiements qu'il parvint à reconnaître sans peine. Contre toute attente, Wellington, malgré son retard, était parvenu à le rattraper. Surpris, mais soulagé, il déposa son encombrant sac de provisions dans le traîneau, avant d'afficher un sourire en biais.

« -Ah, vous voilà donc ! Pourquoi n'étiez-vous pas à l'endroit convenu lorsque l'on m'a fait quitter le

village ?
-Excusez-moi, mais ce matin en sortant de chez moi, j'ai vu un attroupement d'hommes d'armes devant la taverne. J'ai donc préféré attendre qu'ils se dispersent pour suivre vos traces. J'espère que vous ne m'en voudrez pas, mais comme vous le voyez, je me suis payé des chiens supplémentaires. Vous devinerez comment…
-Vous avez trouvé la maison abandonnée ?
-Oui. Comme elle était visible depuis la maison communale, ça n'a pas été très difficile. J'y ai pris le peu m'a semblé avoir de la valeur. Où qu'il soit, le propriétaire n'en aura certainement plus besoin !
-Vous avez agi de votre propre chef. Je ne vous jetterai donc pas la pierre. Suivre cette route est tout ce qui compte désormais.
-Oui. Sans croisements, nous n'avons pas de questions à nous poser quant à notre itinéraire. C'est la première fois que je viens ici et pour tout vous dire, je trouve cette forêt semblable à toutes celles que j'ai traversées. Si les mauvais esprits rôdent ici, ils sont bien cachés… »

Le chemin bifurqua soudain vers le sud et comme pour railler Wellington, dans la première clairière qui s'offrit à eux, se scinda en deux. Par ailleurs, les chiens semblèrent en cet instant anormalement nerveux et s'immobilisèrent spontanément. Même le plus robuste, placé en tête d'attelage, gémit à plusieurs reprises, ce qui fit frissonner Ivan. Les animaux avaient senti quelque chose et leur malaise contagieux alla jusqu'à glacer le sang des deux bannis qui s'emparèrent aussitôt de leurs armes. Au dessus de leurs têtes le ciel venait de se voiler et dans l'ombre des sous-bois environnants, ils pouvaient clairement sentir une présence oppressante avide et invisible rôder, jusqu'à ce que le soleil reparaisse enfin, ce qui sembla n'apporter qu'un soulagement tout relatif à Wellington…

 « -Je ne suis pas superstitieux, mais je crois que je n'aurais jamais dû m'avancer comme je l'ai fait. Vous l'avez senti comme moi, n'est-ce pas ? Le démon est présent ici…
-Vous voulez dire l'esprit de négation ? Peut-être… Pour ma part, je n'ai ressenti que la mort, comme celle à laquelle nous avons été confrontés hier, dans la grange mais beaucoup plus forte, concentrée, hostile…
-Vous décrivez bien les choses. Il va nous falloir trouver un abri digne de ce nom avant la tombée de la nuit, ou nous partirons rejoindre les âmes perdues… Maintenant, nous devons faire un choix. Quel chemin allons-nous prendre ?
-D'après le bourgmestre, si nous poursuivons vers l'est, nous arriverons à une ville appelée Saint-Talbot. Mais la cime des arbres est si haute qu'elle masque complètement le soleil. Jusqu'ici, la route ne m'a pas semblé très sinueuse. Je suggère donc que nous empruntions le sentier de gauche…
-Oui, c'est cohérent… Hâtons nous, je pense que ni moi, ni les chiens n'avons envie de nous attarder ici… »

 Ils avaient déjà quitté Northbury depuis plusieurs heures et désormais loin des hantises de la croisée des chemins, la faim commençait à les tenailler. Comme il devait en être de même pour les chiens, visiblement essoufflés, ils estimèrent qu'une halte s'imposait. De part et d'autre de la route, rien ne rompait la majestueuse monotonie de la forêt sans âge, ténébreuse et muette dont les immenses sapins, pareils à des géants, semblaient sur le point des les écraser. A nouveau, la lumière du jour faiblit subitement et une fine couche de neige poudreuse commença à s'amonceler sur le sentier. Alors qu'Ivan s'approchait du traîneau pour y prendre ses affaires, Wellington, l'air soucieux, fixait ses huskies.

« -Il va falloir les nourrir avant demain, ou ils n'auront plus la force de continuer a avancer…
-Oui. L'idéal serait de trouver du gibier. Comme ils sont maintenant deux fois plus nombreux, si nous partageons nos rations avec eux, nous risquons de nous trouver à court de nourriture bien avant d'avoir atteint notre hypothétique destination. Je vais regarder ce que le bourgmestre m'a accordé… »

Il défit le nœud de son sac, à peu près moitié moins grand que celui de son compagnon et y trouva les mêmes denrées que lors de leur chasse à l'ouest, ainsi qu'une carte de la région et même une petite bouteille dont il dévissa le bouchon et huma le contenu, pour comprendre qu'il s'agissait du précieux liquide curatif qui avait permis à sa blessure à la cuisse de cicatriser miraculeusement.
Ne pouvant se permettre de donner davantage, il jeta à terre deux tranches de viande séchée, complétées par celles de Wellington, que ce dernier distribua ensuite équitablement aux chiens excités et joyeux, suite à quoi, il prit place sur le tronc renversé d'un arbre mort, à l'abri des larges branches de sapin qui le surplombaient et commença à mastiquer un gros morceau de pain.

« -Cette viande est aussi froide que les cadavres que

nous avons dissimulés hier dans la grange ! Et avec ce temps, les choses vont aller de mal en pis. S'il ne neigeait pas autant, nous pourrions allumer un feu…
-Vous voulez dire que c'est impossible en l'état actuel des choses ?
-Pas impossible, mais difficile… Il nous faudrait du bois sec et de l'écorce de bouleau. Enfin, nous devrons creuser un trou dans le sol pour préserver la flamme des intempéries. Tout ça risque de nous prendre du temps. Peut-être une bonne demi-heure…
-Je pense que nous pouvons nous le permettre. Un repas chaud nous ferait certainement le plus grand bien. Qu'en pensez-vous ?
-Je suis à votre service, ne l'oubliez pas… Si vous voulez du feu, alors je vais faire mon possible pour vous en donner. Pouvez-vous rester ici, garder les chiens et commencer à creuser un trou suffisamment profond pour servir de coupe-vent et suffisamment large pour que la neige ne vienne pas s'y engouffrer ?
-C'est entendu. S'il vous faut vous éloigner, renoncez. Ce feu n'est pas vital, après tout. »

Wellington, après avoir balayé du regard les arbres qui longeaient le chemin, s'engouffra dans les sous-bois pour reparaître quelques instants plus tard. Ivan, quant à lui, avait suivi ses instructions et il ne restait plus qu'à déposer le combustible au fond du trou et à tenter de le faire brûler. Avec son briquet, le tireur y parvint aisément et la flamme se propagea rapidement à tout le tas de bois qui commença à crépiter. Les deux hommes purent ensuite réchauffer leur nourriture dans une casserole, ainsi que leurs mains engourdies par le froid. Après cela,

Ivan consulta sa carte, qui n'indiquait nullement l'intersection précédente même si la route qu'ils avaient choisi lui semblait être la bonne. Après quelques heures de marche supplémentaires, lui et son compagnon virent les arbres s'espacer soudainement pour révéler une nouvelle clairière, dont presque tout l'espace était occupé par un grand étang gelé que longeait le sentier en direction du nord et de l'est. Malheureusement pour eux, ce qu'ils y virent ne laissait rien présager de bon.

Devant eux, à moins de deux cents pieds, une silhouette humaine, qu'ils prirent tout d'abord pour une autre âme perdue, leur faisait face, cependant, la chose était beaucoup plus rapide et massive que les créatures hideuses et maladroites contre lesquelles ils avaient combattu la veille.
Lorsqu'elle fut suffisamment proche, ils réalisèrent qu'ils avaient affaire à un homme de grande taille, au physique impressionnant, armé d'un gourdin long et épais et dont les traits étaient déformés par la fureur. Wellington, qui comprit immédiatement à qui, ou plutôt à quoi ils se trouvaient confrontés, eut tout juste le temps de descendre d'un bond de son traîneau, de viser avec un sang froid impressionnant le torse du dément et de presser la détente de son fusil, qui lui fit défaut pour la première et la dernière fois alors que sa cible, arrivée à portée, l'empoignait avec une brutalité inouïe pour lui fracasser la mâchoire et le crâne en abattant son arme, grossière mais terriblement efficace, sur sa tempe. Alors que le colosse desserrait son étreinte et s'apprêtait à faire subir à Ivan le même sort, ce dernier parvint à

mettre un terme à son existence avant d'être écrasé, en lui transperçant la poitrine d'un carreau d'arbalète. Il accourut ensuite pour se porter au secours de son homme de main dont les yeux morts fixaient le ciel de plomb, alors qu'un léger filet de sang s'écoulait du côté droit de sa bouche, seul signe de lésions irréparables qui l'avaient en un instant envoyé rejoindre ses ancêtres. Choqué, il se surprit à se signer en se penchant sur la dépouille, mais étrangement, n'était accablé par aucun chagrin. Il ne ressentit en fait, lorsque les chiens cessèrent de glapir, qu'une soudaine solitude mêlée à un sentiment de liberté absolue qui lui donna le vertige. Il songea brièvement à charger les deux corps sur le traîneau, dont il venait d'hériter, pour les ramener à Northbury, mais réalisa rapidement la futilité de son projet: En effet, on l'abattrait sans doute à vue et rien ne permettait de dire que leur agresseur venait du village, ce qui semblait même fort peu probable compte tenue de la distance qu'ils avaient parcourue pour arriver en ce lieu. Au lieu de cela, il les allongea côte à côte sur le bord de la route, prit le temps de les recouvrir d'une épaisse couche de neige, puis marqua l'endroit d'une une croix qu'il réalisa avec deux branches de sapin nouées à l'aide d'une section de la corde contenue dans le sac à dos de Wellington, auquel il choisit de laisser sa chemise de mailles et tous ses vêtements. Il examina ensuite son fusil que la violence du coup reçu avait rendu inutilisable pour constater qu'il était convenablement chargé, ce qui le déstabilisa un peu plus, puis après être monté sur le traîneau qu'il parvint avec peine à diriger dans la bonne direction, il poursuivit sa route en longeant l'étang, quittant la funeste clairière pour s'enfoncer à nouveau dans les ténèbres de la forêt. Peu de temps après, il fut surpris d'apercevoir au dessus de la cime des arbres une paroi rocheuse qui émergeait de la verdure et semblait s'étirer sur plusieurs lieues, bien qu'une fois de plus, il n'en soit fait nulle mention sur son plan. Plus choquant encore était le fait de voir le tracé du sentier s'interrompre au pied de cet à-pic, au beau milieu de nulle part, alors que la route qu'il suivait depuis le matin était censée le conduire à Saint-Talbot. En proie à la confusion la plus totale, il fut donc contraint de rebrousser chemin jusqu'à l'étang et emprunta cette fois le sentier de gauche, qui lui aussi, prit bientôt fin dans une étendue rocailleuse mais praticable, à la végétation plus clairsemée.

11 : Visions

   Plus perdu que jamais, il réalisa que la nuit n'allait plus tarder à tomber et épouvanté à l'idée de devoir bivouaquer seul dans cette taïga hantée, il lança ses chiens dans la direction qui lui parut la moins hostile, parce que la moins encombrée : le nord. Bien lui en prit, car provenant de sa droite, retentit soudain un cri grave et tonitruant, qu'il prit d'abord pour celui d'un ours, avant de distinguer dans les fourrés, à quelques dizaines de pieds, la forme massive d'un orignal mâle, avec ses bois larges et plats caractéristiques et son museau tombant. Fatigué par tout le sang versé depuis son arrivée dans la région et peu désireux de tuer une aussi belle bête, il se tint à bonne distance, satisfait d'avoir pu apercevoir ce premier occupant naturel de la forêt orientale.

   Il ne tarda pas à s'éloigner, poursuivant sa route droit devant, jusqu'à s'offre enfin à lui un abri aussi salutaire qu'improbable. Aux confins de cette lande abandonnée des dieux et des hommes, se dressaient les vestiges d'une grande tour ronde en pierre à moitié détruite. En approchant, Ivan comprit qu'il s'agissait d'un moulin, dont les mécanismes avaient vraisemblablement été victimes des ravages du temps. Si les meules, désormais couvertes de givre, étaient encore visibles, il ne restait nulle trace des ailes de cette structure, étrangement édifiée à flanc de colline, bien qu'exposée au vent d'ouest. En comparaison, la ferme isolée dans laquelle il avait été amené à s'abriter lui paraissait presque banale.

Au fond de ce qui subsistait du bâtiment, une petite remise, suffisamment grande toutefois pour lui permettre de s'y abriter avec tous ses chiens, avait été épargnée. Il en poussa la porte pour y trouver quelques caisses vides et comme l'endroit était dépourvu de plancher, il y alluma un feu, dont la fumée put s'évacuer par le toit délabré et une grosse fissure du mur intérieur. Alors qu'il libérait ses chiens de leurs entraves pour les faire entrer dans l'abri de fortune, le crépuscule s'achevait, plongeant les alentours dans une obscurité gelée et plus menaçante que jamais. Aussi, lorsqu'il pénétra dans son refuge, Ivan prit soin de barricader la porte derrière lui. Il donna ensuite à la meute ses rations, puis mangea dans un calme relatif, avant d'étendre une couverture et de se laisser sombrer dans un sommeil aussi soudain que profond.

   Dans les eaux saumâtres d'une mer oubliée, les rayons de la pleine lune diffusaient une lumière surnaturelle, qui semblait tenir en échec les ténèbres de la nuit. Mais ils ne perçaient pas les immenses gouffres qui s'enfonçaient dans les entrailles du monde et d'où parvenaient échos et grondements sourds, comme pour rappeler aux mortels leur condition et la fragilité de leur existence éphémère. Sur les fonds rocheux, çà et là, des laminaires se balançaient au gré des courants, comme mus par une volonté propre. Ivan, pareil à un fantôme, léger et transparent, parcourait ce monde inconnu tel un spectateur. Ni le froid, ni l'humidité n'avaient de prise sur lui, ce qui lui donnait la possibilité de contempler le ballet des sirènes qui nageaient insouciantes et gracieuses, dans cet environnement instable.

Cette vision de perfection, peut-être le plus beau moment de son existence, pris subitement fin lorsque l'astre d'argent, pendant un bref instant, se fit masquer par les nuées, réduisant les vivants à la cécité dans un noir d'encre, qui ne se dissipa que pour apporter la ruine. Baignant désormais dans un halo écarlate, l'expression inquiète de son visage ridé s'était métamorphosée en haine, vomissant la mort sous la forme de torrents de sang qui empoisonnèrent jusqu'aux abysses. Les étoiles, quant à elles, cessèrent de scintiller dans le firmament pour se faire comètes et déchiqueter chacune des malheureuses créatures des profondeurs, à la manière d'une volée de flèches. Confronté à ce spectacle d'horreur, Ivan sentit son sang se glacer dans ses veines lorsque des griffes squelettiques et invisibles, au contact assez atroce pour défier l'imagination, le saisirent par derrière et le firent sombrer dans les ténèbres absolues d'une fosse sans fin.

Lorsqu'il crut reprendre conscience, dans la pénombre, il faisait face à une jeune femme nue assise en tailleur sur le matelas épais d'un grand lit qu'elle partageait avec lui. Ses traits n'étaient pas visibles, mais à sa voix et à sa silhouette, il reconnut immédiatement l'apparition qui avait déjà à plusieurs reprises hanté ses nuits.

  « -Les choses sont rarement ce qu'elles semblent être au premier abord. Ce n'est pas parce qu'on ne peut pas voir la face cachée d'un astre qu'elle n'existe pas. Les êtres humains ne sont pas différents…
-J'ai eu l'occasion de m'en rendre compte à maintes reprises. Mais on ne me leurre pas si aisément.
-Je suis heureuse de l'apprendre. Ivan, tu es seul,

désormais. Tu ne peux plus compter que sur toi-même. Viens à moi. Je t'attends…
-Qui êtes vous, comment connaissez-vous mon nom et où dois-je vous rencontrer ?
-Je n'ai pas le droit de te révéler mon nom. Nous en mourrions tous les deux. Fais confiance à ton instinct, laisse-toi guider par le sommeil et tu me trouveras. Bientôt… »

Le songe se dissipa de lui-même, plongeant le dormeur dans un sommeil vide et paisible, duquel il émergea lorsque la lumière de l'aube s'engouffra dans le bâtiment couplée aux aboiements de deux chiens qui jouaient à ses pieds.

Après s'être levé, il commença par regarder dehors à travers le mur lézardé pour inspecter les alentours. Une partie de son être s'attendait inconsciemment à y découvrir quelque sinistre augure, mais l'endroit, désert et paisible, lui parut beaucoup plus hospitalier qu'il aurait cru. La présence du mal avait été dissipée par la lumière du jour et nulle bête féroce ne semblait rôder dans l'ombre des fourrés. Après avoir avalé un repas frugal, Ivan sangla ses huskies et fit demi-tour vers la clairière rocailleuse dans laquelle il avait pu admirer le grand élan la veille. Arrivé en ce lieu, il décida de reprendre sa route initiale et de poursuivre en direction du levant, quitte à faire demi-tour si les circonstances l'exigeaient, ce qui ne tarda pas à être le cas. Provenant du sud, un grand nombre d'empreintes tapissaient le sol d'un sentier naissant. Il fit s'arrêter ses chiens et descendit de son traîneau pour les examiner de plus près, ce qui confirma ses craintes. Ces traces n'avaient pas été laissées par un troupeau de chevreuils, mais par une meute d'au moins une dizaine de loups. Face à ces prédateurs, à ce point supérieurs en nombre, il savait qu'il n'aurait aucune chance de l'emporter et se hâta par conséquent de rebrousser chemin. Après avoir hésité un instant, il se souvint de la sinistre intersection où il s'était senti si mal à l'aise.

En repensant à cette hantise, il se demanda s'il ne s'agissait pas en réalité d'un présage du destin funeste de son compagnon, qui avait trouvé la mort le jour même. N'ayant plus désormais d'autre possibilité que d'attendre dans son refuge improvisé où de poursuivre son exploration en direction du sud, il fit le second choix. En effet, bien que peu désireux de devoir faire face une fois encore aux esprits des ténèbres, l'ennui et l'incertitude d'une attente oisive le rebutaient encore davantage. Par ailleurs, seul, il n'était nullement ralenti et pouvait espérer être de retour avant la tombée de la nuit.

Comme il l'avait supposé, il eut bientôt l'occasion de profiter de la pleine célérité de ses chiens de traîneau et des deux côtés du chemin, la forêt semblait s'écarter sur son passage. Ces animaux imaginaient-ils être en route pour le village qui les avait vu naître ? Ils paraissaient avoir oublié la terreur qui les avait pourtant frappés lorsqu'ils étaient passés par la croisée des chemins dans le sens opposé…

Après quelques heures, ils arrivèrent donc en cet endroit inquiétant, mais potentiellement salvateur, dans lequel Ivan remarqua un détail qui lui avait échappé lors de sa précédente traversée : Dans le tronc mort d'un gros arbre creux, gisait un cadavre humain gelé, vêtu de guenilles et recroquevillé dans la position fœtale. Le malheureux avait visiblement succombé au froid mordant de cette région hostile et était dans un si mauvais état qu'il eut du mal à savoir s'il s'agissait d'un homme ou d'une femme. Persuadé qu'une aussi macabre découverte ne pouvait rien présager de bon, il choisit de ne pas toucher au corps, ni même de s'en approcher et se contenta de couper par le sud, comme il l'avait décidé au moment de se mettre en route vers ce lieu. Cette personne était-elle une autre âme perdue ? Pourquoi n'avait-elle pas été dévorée par les animaux sauvages ? Était-elle la source de la hantise de cette clairière ? Alors que ces questions le taraudaient, Ivan parvint bientôt au bout du chemin qu'il avait emprunté et cette destination, aussi inattendue qu'irréelle, n'avait visiblement aucun lien avec Saint-Talbot, se rapprochant plutôt des ruines isolées et étranges dans lesquelles il s'était abrité... Devant lui, parmi les arbres et les rochers enneigés, s'alignaient les tombes et les mausolées d'un cimetière abandonné. Les dimensions et l'architecture de la plus grande de ces constructions, pourvue d'un dôme et de vitraux simples mais élégants, étaient comparables à celles d'une petite chapelle et piquèrent sa curiosité au vif. Après avoir arrêté son attelage, il descendit donc de son traineau et saisit la poignée froide de la porte de fer rouillée du bâtiment qui s'ouvrit dans un grincement sonore, révélant des escaliers de pierre plongeant dans l'obscurité d'une crypte. Prudemment, il descendit les marches une à une sans toutefois prendre garde à la neige, qui venait de recommencer à tomber au dehors, portée par un blizzard cinglant…

Incapable de voir les secrets que pouvait renfermer ce souterrain, il fut contraint de prendre dans son sac à dos, puis d'allumer l'une de ses torches, qui suffit à éclairer la totalité de l'endroit, tout du moins assez pour ne pas se blesser ou buter contre un obstacle. Dans ce qui constituait une sorte de chapelle mortuaire, sept cercueils de sapin, dépourvus de tout ornement, tous tournés vers le centre de la salle, reposaient sur le sol de pierre, dans l'air frais et sec, malgré les traces éparses de moisissures desséchées qui recouvraient ça et là le bois. Sur le couvercle de celui qui lui faisait face, Ivan vit une grosse clef de fer attachée à une chaînette, dont il s'empara comme d'un trophée après l'avoir regardée un bref instant. Au-dedans comme au-dehors, il n'avait vu aucune serrure qui aurait pu correspondre à cette curieuse découverte et malgré ses scrupules, il pressentit que cet objet l'attendait là depuis longtemps, peut être même depuis des siècles. Bien qu'ignorant si les bières avaient été scellées ou non, il n'avait aucunement l'intention de troubler le repos des morts qui y sommeillaient probablement et s'abstint donc de les ouvrir, plus par respect que par crainte, et ce malgré l'ambiance grave et pesante qui semblait planer sur l'endroit.

Au moment où il se retourna pour regagner la surface, il entendit les aboiements et les plaintes de ses compagnons canins sur lesquels s'abattaient les intempéries soudaines qui semblaient caractériser la région. Réalisant bientôt qu'il était, comme eux, pris au piège, il se hâta de les libérer et redescendit avec eux dans le calme immuable et solennel du mausolée, où brûlait toujours la torche qu'il y avait laissée, dans un support mural vide. Il attendit patiemment, espérant que la tempête cessât de la même manière qu'elle s'était abattue, mais les heures passaient et la situation n'évoluait guère. Il songea d'abord à son traîneau, qui risquait à ce rythme d'être enseveli sous plusieurs tonnes de neige, puis son esprit s'en alla vagabonder vers d'autres profondeurs, dans lesquelles lui apparut à nouveau le souvenir de celle qui hantait son sommeil. Sans qu'il ait pu s'en rendre compte, la nuit s'était abattue et avant de se laisser emporter par le sommeil, au milieu des morts et dans le tumulte de ses pensées, il supplia la mystérieuse apparition de se manifester une fois encore…

  Elle ne tarda pas à répondre à son appel et dans la flèche d'une grande tour carrée gothique, se révéla à lui dans toute sa splendeur. Vêtue d'une courte robe de ballerine noire et armée d'une grande épée de justice, elle se tenait là, devant lui, d'une beauté altière, provocante et menaçante.

  « -L'heure du châtiment a sonné ! Je ne laisserai plus jamais personne m'enfermer comme ils l'ont fait. Ce soir, tout le monde doit mourir. Et toi, Ivan, seras-tu mon bras vengeur ?
-Ce sera pour moi un honneur. Personne ne nous barrera la route. J'en fais le serment. »
Comme pour souligner sa détermination, il dégaina lui aussi son arme et en présenta la lame à l'élue de son cœur, dont l'expression implacable s'illumina alors d'un sourire satisfait et dépourvu d'artifice.

Il balaya ensuite la salle du regard, pour n'y trouver que poussière et meubles brisés. Une odeur de brûlé emplissait les lieux et des grands escaliers qui lui faisaient face s'élevait une fumée âcre, d'où jaillit bientôt une créature titubante à l'aspect misérable, aux cheveux poisseux et au visage hagard, entravée par une camisole de force crasseuse. La surprise, mêlée à un certain dégoût, le fit reculer d'un pas, tandis que la lame de sa terrible muse, s'abattait, envoyant rouler la tête de l'aliénée dans les décombres. La jeune femme venait, en tuant gratuitement et de sang froid, d'ouvrir un bal des plus sanglants. D'un coup de pied ferme et appuyé, elle fit ensuite chuter ce qui restait de sa victime, la renvoyant d'où elle était venue et dévala à son tour les marches, suivie par Ivan, qui oscillait entre fascination et effroi.

Le plancher et le mobilier rustique de l'étage inférieur, envahis par les flammes, nourrissaient un incendie surnaturel, dévorant le bois sans le consumer, comme si le temps s'était figé à jamais dans ce majestueux bâtiment, désormais métamorphosé en un piège mortel. Pire encore, dans la fournaise ambiante, dansaient des myriades d'ombres sinistres, qui, agitant leurs membres squelettiques, semblaient défier les deux fugitifs de les approcher, alors que le rugissement continu de l'incendie était régulièrement transcendé par quelque hurlement furieux, ou autre vision de cauchemar. A la recherche d'une issue dans ce labyrinthe ardent, ils traversèrent des couloirs bordés de cellules généralement vides, mais aussi parfois occupées par d'infortunés pensionnaires, prostrés et incapables de se défendre, mais que l'ange

exterminateur passait systématiquement par le fil de son épée, sous le regard médusé de son compagnon. A chaque coup porté, elle semblait plus vive, exaltée par l'ivresse du carnage alors qu'une joie malsaine l'envahissait. Après être enfin parvenus à trouver une issue, laissant derrière eux
l'enfer des étages supérieurs, ils aboutirent à une sorte de hall de pierre dans lequel les attendaient plusieurs hommes, dans un état aussi déplorable que ceux qu'ils avaient croisé avant d'y parvenir, mais infiniment plus agités et hostiles. Au moment où ils cernèrent la jeune femme, qui leur tenait pourtant tête, semblant encore et toujours se jouer de la mort, Ivan n'éprouva aucun scrupule à les tuer jusqu'au dernier et le sang versé ruissela sur le sol et se mit à bouillonner comme le magma d'un volcan. A son tour, il goûtait à cette fièvre meurtrière et sentit monter en lui une surprenante et irrépressible sensation d'invincibilité. Là où ils étaient désormais, le bois et les flammes avaient fait place à la pierre et aux ténèbres d'un asile déserté. Sur leur chemin, ils virent encore de nombreux cadavres, victimes probables de ce lieu possédé et également quelques vivants portant camisole, haillons ou blouse blanche et qui furent terrassés sans exception ni pitié. Lorsqu'enfin, ils trouvèrent la sortie, les ombres, offensées à l'idée de laisser quiconque échapper à leur holocauste, s'étendirent pour leur barrer la route. Mais cette tentative ne les impressionna nullement et brandissant à nouveau leurs lames ensanglantées, ils forcèrent le passage tenant en échec même cette menace immatérielle. Arrivés dehors sous le ciel nocturne, ils

foulèrent l'herbe fraîche du parc qui ceinturait la grande structure jusqu'au grand portail de fer forgé qui en marquait l'entrée. Une dernière fois, Ivan se retourna pour contempler la magnificence des ogives et hautes flèches embrasées, comme autant de flambeaux géants, puis il fit à nouveau face à la dame de ses pensées, pour laquelle il venait de se damner en se livrant à un carnage aussi soudain qu'abject. Elle se tenait là et le fixait avec une innocence feinte, mais presque crédible que seules contredisaient les éclaboussures d'ichor sombre maculant son visage et ses avant bras si pâles que cela en était saisissant.

« Merci d'être venu à mon secours. Seule, je ne serais jamais parvenue à m'enfuir d'ici. Aie confiance en toi, en ta force et rien ne pourra t'arrêter. Je t'attends… »
Alors que ces dernières paroles résonnaient dans son esprit, Ivan ouvrit les yeux. Surpris par la profondeur du sommeil de ses chiens, il tenta de les réveiller, mais au contact froid de leurs corps, qui ne portaient toutefois aucune trace de blessure, un frisson parcourut son échine. Ils étaient tous morts…

Choqué, mais déterminé, Ivan comprit ce qui lui restait à faire. Il commença par gravir les escaliers du tombeau puis en ouvrit la porte. sans ses huskies, il lui était impossible de déplacer son traîneau, qui comme il l'avait prévu, était recouvert d'une épaisse couche de neige. Ne pouvant pas se charger outre mesure et déjà équipé de l'essentiel, il renonça à récupérer le matériel qui s'y trouvait encore. Comme la tempête avait cessé, malgré un ciel toujours couvert, il décida de ne pas perdre un

instant de plus et après avoir chaussé ses raquettes, d'un pas résolu, se remit en marche vers l'est et le dernier chemin possible.
Sans surprise, la route fut longue et éreintante, car cette fois, tout le poids de son sac reposait sur ses seules épaules. Bien que contraint de faire halte à plusieurs reprises pour reprendre son souffle, il n'en tirait qu'un bien maigre réconfort, car le vent glacé qui soufflait par rafales gelait l'air jusque dans ses bronches, tandis que ses oreilles bourdonnaient douloureusement. Plus seul que jamais depuis son arrivée à Northbury, il prit la pleine mesure de l'absence de ses chiens anonymes auxquels il n'avait pas eu le temps de s'attacher et dont il avait abandonné les carcasses à l'endroit même où la mort les avait frappés, aussi irrationnelle et imprévisible que presque tout ce qui était lié à cette région de Haute-Calombrie. S'ils avaient troublé le repos des occupants de cette crypte, alors pourquoi était-il le seul à avoir survécu ? Bien qu'ayant tout oublié le concernant, hormis son nom, il se souvint de cette légende qui racontait comment les morts affamés, prisonniers de leurs tombes, en venaient à dévorer leurs propres mains et avant-bras , avant de s'en prendre aux forces vitales des membres de leur famille, ou de toute personne assez malchanceuse pour attirer leur attention.
Peu à peu, cette sombre pensée fut néanmoins effacée par la perspective de rencontrer enfin celle qui disait l'attendre et brillait à ses yeux comme une unique étoile dans un ciel noir, infini et gelé. On qualifie parfois de « fous » ceux qui attachent de l'importance à leurs songes, mais désormais, le vide de son cœur était comblé

par une foi ardente, qui lui donnait la volonté et la force de faire face à tout ce qui pourrait se dresser en travers de son chemin. Et c'était la seule chose qui lui permettait de continuer.

Il n'avait pas oublié l'itinéraire à suivre et lorsqu'il parvint à l'endroit où il avait été contraint de faire demi-tour, toute trace du passage des loups avait disparu. Les chutes de neige en étaient très certainement la cause, mais se remémorant les dernières paroles de sa muse, il se plut à croire que sa témérité en était la vraie raison. D'ailleurs, alors qu'il poursuivait sa longue route solitaire, aucun animal, pas même un oiseau ou un lièvre, ne croisa son chemin. Après plusieurs heures de marche éreintantes, il réalisa le risque insensé qu'il avait pris en continuant son chemin sans s'être à nouveau calfeutré dans les ruines du vieux moulin. Bien avant qu'il puisse revenir sur ses pas, la nuit, sinistre et prédatrice, allait s'abattre et sans refuge, il savait que rien n'empêcherait la mort de venir le chercher, sans lui laisser de seconde chance. Comme pour venir confirmer cette ébauche de réflexion, une bourrasque particulièrement violente vint secouer toute la forêt alentour, suivie par le grondement du tonnerre dans le lointain, malgré le froid ambiant. Ce fut donc un orage de neige qui annonça l'arrivée du crépuscule et lui, n'avait pas d'autre choix que d'avancer, sans vraiment savoir où sa route allait le mener.

12 : Sanctuaire

Épuisé et transi, c'est donc avec un profond soulagement qu'il aperçut, bordant le chemin, une belle demeure étagée à l'aspect solide, intégralement constituée de bois et de l'intérieur de laquelle provenait une douce lumière. Arrivé au seuil du manoir, il s'annonça en frappant, mais n'obtint aucune réponse, puis en voyant la serrure, il se souvint de la grosse clef qu'il avait trouvée dans le cimetière qu'il s'empressa d'arracher à son sac et avec laquelle, usant de ses dernières forces, il parvint à ouvrir la porte, qui claqua presque aussitôt derrière lui. A l'intérieur, face à lui, il eut tout juste le temps de voir, dans un grand salon douillet et décoré avec goût, un canapé et deux fauteuils de velours bordeaux qui faisaient face à un grand piano à queue noir dominant l'endroit du haut d'une petite estrade, avant de chuter de tout son long sur le plancher, à bout de souffle, alors que du dehors, provenaient les sons étouffés du mugissement de la tempête, des grondements du tonnerre et à nouveau, des hurlements des loups.

Après avoir sommeillé pendant plusieurs heures, une ébauche de conscience anima son esprit, bien que trouble et cotonneuse. Avant d'être en mesure de voir quoi que ce soit, il entendit dans le lointain les cris d'une foule en colère puis, tout près de lui, la voix inquiète d'une enfant éplorée... Lorsqu'il ouvrit les yeux, il la vit, occupant comme lui cette pièce dans laquelle il avait trouvé refuge, tenant, dans son bougeoir, une chandelle allumée de laquelle la cire s'écoulait goutte à goutte, tout comme les larmes de ses yeux rougis. Elle portait, par-dessus sa chemise de nuit blanche, une longue veste de laine et surtout, ressemblait singulièrement à celle qui avait pris l'habitude de l'accompagner dans ses songes, quoi que beaucoup plus jeune.

« -Les villageois… Ils sont venus pour me tuer. Il faut m'aider, je ne veux pas mourir !
-Restes là et ne sors sous aucun prétexte ! Je vais voir ce que je peux faire… »
Ivan poussa la porte et aperçut à sa droite, sur le chemin, une bonne vingtaine de personnes, hommes et femmes, accompagnés par quelques chiens, tous faisant route vers le manoir. Brandissant des torches dans la plus noire des nuits, ils étaient armés de fourches, faux, haches, arcs de chasse voir même d'arquebuses et à leur tête, se tenait le chef de la milice de Northbury, reconnaissable entre tous avec son chapeau et sa barbe. Faisant face à Ivan, qui courait dans sa direction, il s'immobilisa avant de sortir son arme.

« -Ainsi, vous avez survécu. Écartez-vous et il ne vous arrivera rien de fâcheux. Dites-nous plutôt où se cache cette maudite succube.
-Dois-je comprendre que vous avez bravé cette forêt simplement pour vous en prendre à une enfant ? Votre malfaisance n'a pas de limite !
-Elle n'a rien d'une enfant ! Elle sème la mort et la folie sur son passage et va jusqu'à profaner nos corps. Il est temps que cela cesse !
-Retournez d'où vous venez ! Si vous faites un pas de plus en direction de cette demeure, je vous tuerai

jusqu'au dernier, sales chiens !
-Vous avez eu votre chance, tant pis pour vous. Vous autres, mettez le feu à cette bâtisse ! »

  Alors que son opposant s'apprêtait à lui régler son compte, Ivan, d'un seul geste, dégaina son épée et lui trancha la gorge dans une gerbe de sang, pour être à son tour fauché par les tirs de la populace avant de s'effondrer sur le sol froid, les yeux révulsés. Lorsque le voile noir qui s'était abattu devant lui se dissipa, il vit, assise à son chevet, celle qu'il avait cherché depuis au moins deux jours. Au moment où son regard croisa le sien, l'expression curieuse et pourtant presque méfiante de la jeune femme se métamorphosa aussitôt en un sourire aimable et chaleureux et cette fois-ci, il ne rêvait pas.

  Bien qu'incapable de soulever son corps massif et encore moins de le porter jusqu'à l'étage et aux chambres, la beauté ténébreuse avait pris soin de caler un oreiller épais sous la tête d'Ivan et de couvrir son corps engourdi. Lui, plongé dans les rêveries sanglantes d'un sommeil de plomb et d'acier, n'avait rien senti et s'il s'efforçait de rester de marbre, c'est avec une joie sans limite, mêlée de dévotion fanatique qu'il fixait son visage d'ange. En l'espace de quelques nuits seulement, la flamme de la curiosité qui s'était allumée en lui s'était muée en une passion dévorante et irrépressible, incendie sacré qui consumait désormais tout son être, corps et âme. Ses mots soigneusement articulés avec un mélange de douceur et de fermeté rompirent soudain le silence des lieux.

  « -Je sais qui tu es. Je t'ai déjà vue plus d'une fois, dans

mes rêves et suis venu jusqu'ici pour te rencontrer enfin.
-Je te connais aussi, car j'ai également rêvé de ta venue. Je t'ai entendu parler dans ton sommeil et sais donc de quoi tu es capable. Aussi longtemps que tu le désireras, cette demeure sera la tienne. Veux-tu que je te fasse visiter les lieux ? »

Ivan se découvrit et se leva avec peine. Son corps et son esprit, comme dissociés, semblaient lutter. Si l'invitation de son hôte l'enchantait, il savait qu'il aurait besoin de temps pour être à nouveau en pleine possession de ses moyens. D'abord engourdi et confus, il commença par se défaire de ses armes, de son sac et de son manteau pour les poser sur l'un des fauteuils. La salle dans laquelle ils se tenaient, par ses dimensions et son mobilier, aurait été digne d'un prince, sans commune mesure avec ce qu'il avait pu voir dans la région jusqu'à présent, même avec le salon du bourgmestre de Northbury et ce, malgré la similitude de certains éléments tels qu'une table à écrire avec son encrier, sa plume et ses tiroirs, plusieurs étagères emplies de romans, traités et autres essais, mais aussi une grande horloge trônant contre le mur du fond, non loin d'une table hexagonale et de ses cinq seules chaises, plusieurs tableaux de taille moyenne représentant portraits et paysages, ainsi qu'une commode sur laquelle étaient exposées à la verticale quelques assiettes de porcelaine. L'endroit semblait conçu pour qu'on y organise des réceptions, des bals d'aristocrates, de somptueuses soirées, mais malgré la grande propreté et la chaleur de la demeure, il y régnait un vide et une mélancolie presque palpables. Après s'être livré à cette brève contemplation, il se retourna vers la maîtresse des lieux, qui n'avait pas bougé d'un pouce et attendait toujours sa réponse, d'un air imperturbable.

« -Avec grand plaisir… Merci de m'avoir apporté cette couverture pour me tenir chaud pendant mon sommeil, ainsi que cet oreiller… Est-tu seule ici ?
-Oui. Depuis des années. Et je n'ai jamais eu de visiteur avant toi… Est-ce que je peux prendre tes affaires ?
-Bien sûr… »

Ivan la regarda ensuite se charger sans broncher de son matériel lourd et encombrant, puis se diriger vers un petit local au sol pavé jouxtant l'entrée dans lequel étaient entassés divers ustensiles et caisses de bois, dominés par une grosse armoire simple et rustique, dans laquelle elle rangea son manteau. Sa façon d'accomplir même la tâche la plus anodine, sans aucun geste superflu, lui donnait une allure irréelle, presque automatique, mais toujours empreinte d'un mélange de grâce et de délicatesse qui lui conféraient un charme surprenant.

Avec le même flegme, Elle lui montra ensuite le garde-manger, très similaire au réduit situé du côté opposé de la grande salle, quoi qu'environ deux fois plus grand, au plafond duquel pendaient à des cordes épaisses deux lanternes de métal noires. Sur le sol de la pièce, ainsi que dans deux grandes étagères longeant les deux murs principaux, s'offrait une profusion de denrées des plus variées : Viandes fumées et salées, sacs de céréales et de farine, caisses de légumes, pots de miel et de confitures… Toutes étaient présentes en assez grande quantité pour passer confortablement le reste de l'hiver et sans doute même quelques mois de plus, sans avoir à quitter le sanctuaire aussi isolé qu'inviolable de ce manoir.

La pièce suivante, avec ses escaliers menant à l'étage, constituait à la fois une cuisine et une salle à manger, comme en témoignaient un grand fourneau et une table de bois sombre entourée de chaises aux dossiers ornés de motifs de fonte noircie élégants mais menaçants, sur laquelle reposaient trois couteaux de taille différente, disposés parallèlement. Il en émanait une chaleur sèche mais bienvenue qui s'étendait à tout le bâtiment, due principalement à une imposante cheminée où brûlaient plusieurs grosses bûches couvertes de suie.

 A l'étage, les escaliers donnaient sur un couloir spacieux éclairé par des torches, dont la lumière , bien que chaude et dansante, peinait à l'emporter sur l'obscurité des lieux, malgré les quelques lucarnes par lesquelles s'engouffrait la clarté relative de l'extérieur neigeux et toujours en proie aux caprices du temps. Après avoir montré à Ivan l'unique accès à la petite terrasse offrant une vue dégagée sur les alentours, sans toutefois prendre le temps d'ouvrir les portes des trois pièces restantes, son hôte le mena jusqu'à sa chambre, avec une joie mêlée de honte, qu'elle peinait à contenir. Un délicat parfum de rose embaumait l'endroit, décoré avec un soin tout particulier et empli d'une coquetterie des plus féminines. Trois gros coussins ondulés reposaient sur un grand lit aux draps et oreillers immaculés et à la couverture de laine brune auquel le dossier de bois, particulièrement haut, donnait une allure séculaire et imposante. Le reste du mobilier de la pièce consistait en deux petits meubles de chevet identiques, d'une commode faite du même bois sombre, d'un petit miroir rectangulaire au cadre cérusé, d'un tapis en peau d'ours brun recouvrant le plancher au centre de la pièce, plus grand et donc plus impressionnant que celui qui décorait sa chambre à Northbury, d'un paravent turquin aux battants brodés et d'un grand baquet cerclé de fer sur les rebords duquel séchaient deux serviettes de bain blanches.

Ivan, que trois jours passés à battre la campagne avaient rendu aussi hirsute qu'un vagabond, prit immédiatement conscience de l'étrangeté de sa présence en ces lieux qui semblaient si bien correspondre à son hôte, plus soignée et attirante que toutes les femmes qu'il avait pu voir jusqu'à présent et cela le plongea dans l'embarras. Bien entendue, elle n'avait pas manqué de s'en rendre compte.

« -Tu dois être fourbu. C'est normal après tout ce que tu as traversé. Je peux te faire chauffer de l'eau, si tu le souhaites…
-Ce ne serait pas de refus… Mais il faudra plusieurs seaux pour remplir ce baquet… Je les transporterai moi-même. Quelques pelletées de neige devraient faire l'affaire, n'est-ce pas ? Où puis-je trouver les ustensiles nécessaires ?
-Dans l'endroit où j'ai rangé tes affaires. Est-ce que je peux t'accompagner ?
-Avec grand plaisir… Pourquoi demander la permission ? »

Une fois les préparatifs terminés, Ivan put enfin se dévêtir et profiter de son bain. Peu de temps auparavant, sa délicieuse amie lui avait présenté une trousse de toilette contenant bien plus que le nécessaire pour lui permettre de se rendre présentable, avant de se retirer. Déjà, les inquiétudes liées à sa survie, même si elles ne remontaient qu'à la veille, lui semblaient lointaines et il put prendre le temps de se prélasser tout en regardant la neige tomber au dehors par la lucarne qui lui faisait face. Lorsqu'il en eut fini et qu'il se décida enfin à sortir, poussé par le tiédissement de l'eau, il entendit monter vers lui les notes du piano. Désormais frais et confiant, malgré les nombreux points d'ombre liés à la région et à la nature de son hôte, il se rendit dans le salon et s'installa près d'elle, dans le canapé de velours, pour pouvoir l'observer jouer en contemplant son beau profil. D'abord admiratif de sa concentration et de sa virtuosité, il se laissa peu à peu emporter par ses mélodies chargées tour à tour de douceur, mélancolie, violence, révolte, suivies finalement d'enchaînements plus simples à la beauté sinistre… Lorsqu'elle eut épuisé son répertoire, elle demeura assise sur son tabouret, la tête baissée et les yeux clos, avant de se tourner, radieuse, vers Ivan, qui l'applaudissait.

« -Très impressionnant… Jamais je ne pourrai rivaliser avec une artiste de ton niveau… Où as-tu appris à jouer ainsi ?
-Je n'ai pas de mérite. Cela fait si longtemps que je vis dans cette demeure que j'ai fini par ne plus prêter attention à l'écoulement du temps… Je ne suis pas née ici. Comme toi, je suis une étrangère. Tout ce dont je me souvienne, c'est que je suis morte et ressuscitée. Lorsque j'ai trouvé cette grande maison vide, je m'y suis

installée, en espérant que quelqu'un viendrait un jour me chercher. Mais après quelques semaines, j'ai compris qu'on m'avait abandonnée ici, sans que je puisse comprendre pourquoi. Depuis, de trop nombreuses années se sont écoulées...
-Il y a un village à l'ouest, à environ deux jours de marche.
N'as-tu jamais essayé de t'y rendre ?
-Les gens de Northbury ne m'intéressent pas. Ils sont égoïstes, lâches et faibles. Ils aimeraient venir me tuer, mais aucun d'entre eux n'arriverait en vie jusqu'ici. La forêt est beaucoup trop dangereuse et ils le savent... »

Comme pour souligner ses propos, les hurlements des loups vinrent rompre le silence qui était tombé dans les alentours, ce qui l'amena à sourire triomphalement, comme dans ses rêves, la même lueur de cruauté brillant dans ses yeux.

« -C'est à travers le sommeil que tu es capable de sonder leur esprit, n'est-ce pas ?
-Oui et de le détruire aussi. Tu as dû t'en rendre compte. C'est une sorte de cadeau empoisonné qu'on m'a offert lorsque je suis arrivée ici...
-Je ne comprends pas... Pourquoi t'acharner sur eux ? Après tout, ce ne sont que des animaux !
-Je ne peux pas te cacher que les voir s'agiter comme des cloportes me plaît, mais je ne fais pas tout cela par pur plaisir. Ils sont un peu mon bétail et je ne souhaite pas les anéantir. A ma façon, je veille sur eux en les préservant de leur propre sottise. Après leur mort, ils se relèvent et par la force de ma volonté, je peux les diriger comme des marionnettes pendant quelques jours. C'est

ainsi que je me procure directement au village tout ce dont j'ai besoin… En les maintenant dans la terreur, je les pousse aussi à chasser les étrangers qui les rejoignent, afin de les attirer à moi, même si tu es le seul à y être parvenu. J'ai besoin d'aimer et d'être aimée et ma solitude est la plus cruelle des tortures… Seras-tu à la hauteur, Ivan ? »

  Elle prononça cette dernière phrase avec un ton dont il ne parvint pas à déterminer s'il était implorant ou insistant, puis sans lui laisser le temps de répondre, vint se blottir contre lui. Sa poigne était étrangement forte et son contact merveilleusement doux. Il réalisa qu'en cet instant, il était autant à sa merci qu'elle était à la sienne. Elle venait de lui donner son âme en pâture, joyau sombre et dépourvu de tout ornement et complice de toutes les horreurs qu'elle avait perpétrées, il sentit l'ivresse du désir et d'un formidable élan vital le gagner alors que son cœur, submergé par la plus intense des passions, celle que seule la folie procure, battait à tout rompre.

13 : Epilogue

Journal d'Ivan Carville, premier jour

Je loue le ciel d'être arrivé vivant en ce lieu, malgré l'adversité et d'y avoir, contre toute attente, rencontré l'amour. Il reste tant à dire et je ne sais pas par où commencer…
Les aléas d'une terre aussi inconnue qu'hostile, malgré sa beauté, ont fait place au confort d'une demeure dont je n'aurais pu que rêver et surtout à la compagnie inespérée et comme magique de la maîtresse des lieux, qui persiste à refuser de me révéler son nom, prétextant l'avoir oublié. Je sais qu'elle ment, mais après tout, cela n'a pas d'importance. Elle m'a demandé de la baptiser comme je le souhaiterais et même si quelques prénoms me sont venus à l'esprit, je ne suis pas encore parvenu à me décider, aucun ne semblant lui correspondre vraiment. Elle est si secrète et sophistiquée, malgré sa simplicité apparente, que je crains de commettre une erreur.
Évidemment, nous avons passé toute la journée ensemble et même si sa compagnie constitue à mes yeux le plus précieux des cadeaux, justifiant amplement tout ce que j'ai traversé, nos conversations sont ponctuées de longs silences, pendant lesquels je ne parviens ni à détourner mon regard du sien, ni à rassembler mes idées. Cela ne semble pas la déranger, elle qui malgré ses dons multiples et exceptionnels, persiste à se cramponner à moi comme une petite fille. En plus de ses terribles

pouvoirs, elle semble exceller dans tous les domaines, en particulier dans les lettres et les arts et se complaît pourtant paradoxalement dans un statut d'infériorité et de soumission. En vérité, ma seule présence à l'air de la combler à peu près autant que la sienne me comble. De toute manière, c'est tout ce qui compte désormais. Suis-je arrivé au paradis ? Peut-être… Les obstacles qui m'ont séparé d'elle et qui ont coûté la vie à mes prédécesseurs sont maintenant autant de remparts dressés face à nos semblables. Nous sommes seuls et les choses sont parfaites telles qu'elles sont. A mes yeux, elle prime sur le reste du monde et c'est avec joie que je lui sacrifierai tout ce qui peut l'être, y compris ma propre vie comme celle d'autrui si elle venait à me le demander.

Journal d'Ivan Carville, deuxième jour

J'ai passé une nuit de délices à ses côtés. Elle est aussi parfaite nue qu'habillée et le simple fait de la regarder a suffi à éveiller en moi la flamme du désir. Je me réjouis que celui-ci n'ait pas été étouffé par l'amour et le fort sentiment de protection que j'éprouve pour elle et qui ont pour ma part tendance à y être presque opposés. Comme je m'y attendais, son corps s'est révélé nettement plus frais que le mien, bien que je n'aie pas eu à me plaindre de la température de la chambre un seul instant. En revanche, j'ai été surpris par son audace et ses initiatives, mais puisqu'elle s'évertue à faire de chaque chose une œuvre d'art, je pense que j'aurais dû m'en douter. Je me suis rapidement rendu compte qu'elle n'était concentrée que sur mon propre bien-être

et ne pouvant pas décemment laisser les choses prendre une telle tournure, j'ai rapidement repris les rênes et fait en sorte de la rendre suffisamment passive pour obtenir sa capitulation . J'y ai pris un immense plaisir et pas seulement physique. Sans vouloir me vanter, je pense qu'il en a été de même pour elle. Elle le méritait peut-être plus que quiconque et j'ai donc pu dormir du sommeil du juste.
Au réveil, j'étais seul. Elle était sortie avant moi pour que tout soit prêt pour le moment où je descendrai la rejoindre. Je l'ai bien sûr remerciée pour cette délicate attention, mais l'idée de lui suggérer de prendre son temps m'a traversé l'esprit. Je ne lui ai pourtant rien dit, car j'ai pensé qu'elle suivrait mon conseil comme s'il s'agissait d'un ordre, sans se laisser la possibilité de choisir par elle-même. Si c'est de cette manière qu'elle parvient à trouver son équilibre, alors qu'il en soit ainsi…
Nous avons ensuite passé le plus clair de la matinée à converser et j'ai été heureux qu'elle me fasse part de ses impressions concernant le monde dans lequel nous avons échoué. Je lui ai parlé de ce que j'avais appris concernant les croyances des habitants de Northbury, qu'elle m'a laissé lui énumérer en me fixant droit dans les yeux avec un sourire mutin, qui n'allait toutefois pas à l'encontre de son attention muette et lorsque j'ai pensé en avoir fini, elle a à son tour pris la parole pour nier chaque chose en bloc, de la plus fondamentale à la plus accessoire. J'ai ressenti chez elle un mépris mêlé d'aversion, qui fort heureusement, ne s'adressait pas à moi. Même si elle semble pratiquement aussi perdue que

je le suis, elle affirme avec force conviction qu'ils ne sont que des paysans incultes et superstitieux qui ont inventé des histoires pour tenter de conjurer leur terreur. Quant à la raison de sa présence en Haute-Calombrie et donc de la mienne, elle m'a confié penser qu'elle ne relève pas du hasard, mais de la volonté d'une puissance supérieure, la même qui l'a élevée au dessus du commun des mortels, bien qu'elle ne se soit jamais révélée à elle, ni manifestée d'une quelconque autre manière. Si tout ceci est juste, je me prosterne devant cette déité, car elle m'a apporté tout ce qui me faisait défaut, comme si ce monde avait été modelé pour me convenir parfaitement, au point que je voudrais ne jamais le quitter. Pourtant, des gens naissent et meurent dans cette réalité. Pourquoi ? Peut-être n'est il simplement pas nécessaire de chercher à apporter une explication à ce qui nous dépasse…
J'ai également repensé aux quelques refuges étranges dans lesquels j'ai été amené à m'abriter du froid lors de mon errance dans la contrée et lui ai demandé si elle savait quelque chose de plus que moi à leur sujet. Prenant un air grave, elle a gardé le silence pendant un bref instant, puis m'a finalement confié que ces endroits lui étaient tous familiers et qu'étant donné le malaise dans lequel leur évocation la plongeait, ils étaient peut-être liés à sa vie passée. On aurait donc vraiment forgé ce monde à son image, pour elle ? C'est vrai qu'elle en est d'une certaine manière le reflet vivant, aussi belle et terrible que la nature qui nous entoure.

Journal d'Ivan Carville, troisème jour

Je reviens juste de la terrasse depuis laquelle j'ai eu tout à loisir de contempler le ciel étoilé, infini et si paisible. La brume rasante et tumultueuse qui est tombée à la fin de l'après-midi me donne l'impression de flotter non loin des rives d'un lac, renforçant encore ce sentiment si particulier d'isolement absolu que constitue notre retraite à deux. Nous sommes si proches et si éloignés à la fois du monde des hommes et de leurs soucis quotidiens… Dans quelques semaines, l'hiver s'éloignera, pour laisser la forêt se métamorphoser. La perspective de ce spectacle me rend étonnamment fébrile, comme si je faisais un autre rêve. Tant de malheureux ont été confrontés aux horreurs de la folie puis de la mort, sans même pouvoir y trouver le repos… Pourtant, je ne parviens pas à verser une larme en songeant à leur sort. S'agit-il juste d'égoïsme, ou est-ce que la contrée a commencé à me transformer en profondeur, me dépouillant de qui me reste d'humanité pour faire place à autre chose ? Je vais néanmoins tâcher de retourner sur les lieux de la sépulture gelée de Wellington afin de lui creuser une tombe dans laquelle sa dépouille sera à l'abri des charognards après la fonte des neiges. M'éloigner de la sécurité du manoir constitue un risque, mais j'ai déjà couru de plus terribles dangers et comme je lui dois la vie, je crois être de mon devoir de m'acquitter de cette tâche. Je ne veux pas mettre la vie de celle qui représente tout à mes yeux en péril une seule seconde et ignore encore tout de ce que l'avenir nous réserve. Peut-être nos rêves nous le révèleront-ils prochainement, mais j'ai le sentiment que c'est ici et maintenant que mon destin s'accomplit enfin. Malheur à ceux qui pourront s'opposer à ce bonheur durement acquis et qui devra durer à jamais, quel que soit le prix à payer.